あの日のあなた

作　中川なをみ

絵　大野八生

くもん出版

あの日のあなた

もくじ

あなたは、だあれ？

四月一日に、しずりは四年生になりました。

村のあちこちにある桜《さくら》から、花びらがまいはじめています。青い空にうす桃色《ももいろ》の花びらがふわふわとただよっているのを見ていると、自分も花びらといっしょに空をまっているようで、わくわくしてきます。

桜の木を求《もと》めて歩きつづけるしずりの足もとで、下駄《げた》がからんころんと音を立てていました。ビロードの赤い鼻緒《はなお》には小さな花のししゅうがあって、しずりのお気に入りでした。

桜の花だけでもうれしいのに、ひと月前から、村にバスが来るようになりました。しずりたちが住《す》む山あいの稲穂村《いなほむら》は、北側《きたがわ》に大きな山をかかえた台

地です。南側《みなみがわ》にはふもとを流《なが》れる大川《おおかわ》があって、そのむこうには平地《へいち》が広がり、昔《むかし》から栄《さか》えている茅町《かやまち》がありました。バスはこの茅町から、一日三回往復《おうふく》しています。

朝の茅町行きと夕方の稲穂村行きのバスは、茅町で働《はたら》くおとなたちが客《きゃく》になりますが、昼のバスは往復ともがらがらでした。

しずりはバスを見るのがすきでした。でこぼこの山道を登《のぼ》ってくるバスはとてもつかれているようで、停留所《ていりゅうじょ》で止まると、プワーと息《いき》をはきだしながら「つかれたよー」と、ひと息入れているみたいです。そんなバスに、しずりは「えらいえらい」と、心の中で声をかけてやります。

桜《さくら》が咲《さ》くころになると、農家《のうか》は田植《たう》えの準備《じゅんび》や蚕《かいこ》の世話《せわ》でいそがしくなります。それで、きのうから学校は半日授業《じゅぎょう》になっていましたから、三時に着《つ》くバスを停留所でむかえることができます。

しずりの家はバス通りに面《めん》していて、郵便局《ゆうびんきょく》前の停留所まで歩いて五分もかかりませんでした。

バスが来ました。

うす緑色《みどりいろ》のバスは、もうもうと立ちのぼった土煙《つちけむり》をせおって、のっそりとやってきました。とても重《おも》たそうで、えらそうで、それでいてちょっとすましているみたいな、愛《あい》らしさもあります。バスのうしろには白い土煙しか見えません。まるで霧《きり》の中からあらわれたまぼろしの自動車《じどうしゃ》みたいです。しずりの知らない世界《せかい》からバスははるばるやってきたと思うと、胸《むね》が熱《あつ》くなります。

停留所《ていりゅうじょ》の前に立っているしずりの近くまで来たバスは、エンジンの音をいっそう大きくしたあと止まりました。バスの戸がぎぎーっと音を立てて開《ひら》くと、腰《こし》に大きながま口みたいなかばんをさげた車掌《しゃしょう》さんがおりてきました。わかい女の車掌さんは、おりてくるお客《きゃく》をまっているのですが、お客はなかなか姿《すがた》を見せません。

車掌さんが背伸《せの》びをして中をのぞいています。

「おいそぎくださーい」

声をあげますが、それでもお客《きゃく》はあらわれません。

しずりの胸《むね》がどきどきしはじめました。

車掌《しゃしょう》さんがもう一度《いちど》バスの中をのぞいたとき、やっと、こつっ、こつっと音がしました。

しずりはほっとしながら、バスの出口を見つめました。

階段《かいだん》の上まで来たのはしずりのおじいさんです。おじいさんはステッキをひょいとかた手でもちあげると、ゆっくりと階段をおりはじめました。背広姿《せびろすがた》のきりりとしたおじいさんは、ちょっとこわそうに見えます。

おりきると、おじいさんは帽子《ぼうし》のつばに手をそえて、車掌《しゃしょう》さんに笑《わら》いかけながら切符《きっぷ》をわたしました。

「ありがとう」

車掌さんはあわてておじぎをしてから、「ありがとうございました」と、二度《ど》も頭をさげました。

おじいさんはバスが開通《かいつう》すると、週に一回、かならず茅町《かやまち》へ出かけていくようになりました。病院《びょういん》へ行ったり、よそで用事《ようじ》を足したりするといいますが、家族《かぞく》のだれもくわしいことは知りません。

バスが通う前も、おじいさんはときどき、一日中家をあけることがありました。お母さんは「散歩《さんぽ》にいらしたのよ」といいますが、朝から晩《ばん》までの散歩は長すぎます。しずりが「長すぎる」というたびに、「おじいさんは、何時間もの散歩がすきなのです」と、おばあさんはくりかえしました。

バスからおりたおじいさんが、しずりに気づきました。

「しずりさん、ただいま」

「おじいさん、おかえりなさい」

ふたりはいつものように、だまって家にむかいます。おじいさんのステッキの音だけがコッコッとひびいていました。

足のおそいしずりにあわせて、ステッキもゆっくり進《すす》んでいきます。

しずりは、おじいさんと歩くのがすきでした。話さなくても、いっしょに歩いていると、自然《しぜん》と背筋《せすじ》がのびて、なんだかすてきなおとなになれそうな気がしてきます。よそ行きの顔をしてまっすぐに歩こうと、がんばるのもすきでした。

おじいさんはふしぎな人だなぁと、しずりはいつも思います。しゃきっとしていてこわそうなのに、からだのまん中から力がぬけているみたいで、ふわりとしているのです。でも、長くいっしょに歩くのはむりです。停留所《ていりゅうじょ》と家までの短《みじか》い距離《きょり》がちょうどよいのです。

今日のおじいさんはねずみ色の背広《せびろ》を着《き》ています。もえぎ色のシャツにうすい茶色のネクタイをあわせていました。

しずりは、おじいさんが白いシャツを着《き》ているのを見たことがありません。お父さんやほかのおとなたちは、いつも白いシャツを着ているのに。

「おじいさんは、白いシャツがきらいなの？」

「すきですよ。でも、白いシャツはいちばん大事《だいじ》なときに着たいから、とってあるのです」

おじいさんの大事なときって、どんなときか想像《そうぞう》したけれど、しずりには見当もつきませんでした。

家の前まで来ました。

しずりはこれから学校へ行くつもりです。桜《さくら》の花びらをいっぱい集《あつ》めたいのです。

「あたし、用事があるから出かけますね」

「そうですか」

おじいさんは背広《せびろ》のポケットに手を入れると、小さな紙袋《かみぶくろ》をとりだしました。

「はい。おやつ」

袋《ふくろ》を開《あ》けると、銀紙《ぎんがみ》に包《つつ》まれた丸いチョコレートが三個《こ》入っていました。おじいさんからおみやげをもらったのは、これで二回目です。一回目はキャラメルで、どちらもおじいさんらしいみやげです。

「ありがとう、行ってきます」

おじいさんが門をくぐるのを見送《みおく》ると、しずりは大きく息《いき》をはきました。バスが停留所《ていりゅうじょ》でするみたいにです。はきだした息といっしょに、おとなになりたいしずりから、子どものしずりにもどります。

学校はひっそりとしずかでした。校庭《こうてい》で遊《あそ》んでいる子の姿《すがた》もありません。学校が半日のあいだ、小学生でも家の仕事《しごと》を手伝《てつだ》うのです。

しずりの家は農家《のうか》ではありません。お父さんは茅町《かやまち》で製糸《せいし》工場をやっています。

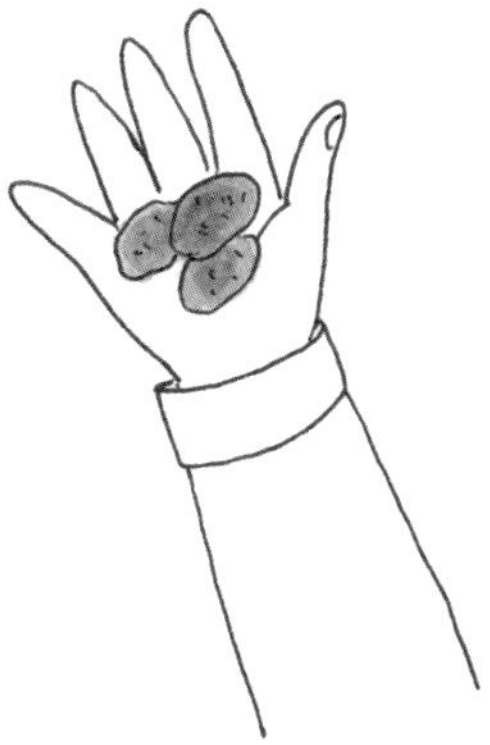

稲穂村《いなほむら》は昔《むかし》から養蚕《ようさん》がさかんなところでした。農家《のうか》は畑仕事《はたけしごと》のほかに、蚕《かいこ》が食べる桑《くわ》が育《そだ》つ春と夏と秋の三回、蚕を飼《か》っています。蚕がつくったまゆを売るのです。

お父さんの会社は、このまゆから絹糸《きぬいと》をつくっていました。

しずりは校舎《こうしゃ》のうらにまわりました。うら庭《にわ》には、大きな桜《さくら》の木があって、地面《じめん》は土が見えないくらい、花びらが重《かさ》なりあっています。

しずりは桜の木の下にしゃがんで、花びらを集《あつ》めはじめました。茶色くなったのはよけて、傷《きず》のないきれいな花びらだけをひろっていきます。花びらは、白い木綿《もめん》の袋《ふくろ》にためていきました。

「花びら、どないするの?」

頭の上で声がして見上げると、ひょろんと背《せ》の高い女の子が立っていまし

た。しずりよりも背《せ》が高そうです。見たことのない子で、ラジオできいたことのある大阪《おおさか》の言葉《ことば》を話しています。村の子なら、みんな知っていますが、その子ははじめて見る顔でした。肩《かた》までのびた髪《かみ》の毛《け》はふぞろいで、着《き》ているブラウスももんぺも、借《か》りものみたいにぶかぶかです。そのうえ、夏でもないのに、その子はツバの広い麦《むぎ》わら帽子《ぼうし》をかぶっていました。

「あんた、どこの子？　稲穂村《いなほむら》に親せきがあるの？」

女の子が首を横《よこ》にふります。

「村に、知っている人はいないの？」

「いない」

女の子はしずりの横にしゃがむと、手をのばして花びらをひろいあげては、しずりがもっている袋《ふくろ》の中へ入れていきました。わらぞうりからはみだした足の指がよごれていました。

「首飾《くびかざ》りをつくるん？」

「まさか。そんな子どもっぽいこと！」

しずりは下をむいたまま、ほおをふくらませました。

「子どもにはできないことをするの。花びらを使《つか》って、すごくむずかしいことをやるのよ」

「どんな？」

「ひ・み・つ。完成《かんせい》するまで、だれにもいわない！」

「ひゃぁ、すてきやわあ」

思ってもみなかった女の子の返事《へんじ》に、しずりはおどろいて女の子を見つめました。そのとき、気がついたのです。女の子はびっくりするくらいに色が白くて、人形みたいにかわいい顔をしていました。切れ長の細い目をきらきらさせて、しずりを見ています。

「ひみつって、すてきって思わへん？　うち、だいすきやねん」

いうなり、女の子は立ちあがって、「ほな」と、むこうへ行ってしまいました。あっというまのことでした。

女の子の話す大阪言葉《おおさかことば》が、しずりの耳に心地《ここち》よく残《のこ》っています。

へんな子と思ったり、どこからきたのかしらと気になったりしましたが、目の前には花びらがジュータンのように広がっています。しずりは、花びらを集《あつ》めたあとのことを考えました。台所《だいどころ》で火を使《つか》わなくてはなりません。お母さんが晩《ばん》ご飯《はん》の用意《ようい》をはじめる前に、やってしまいたいと思っていました。

しずりは、なにをするのもおそくて、家ではのんびり屋《や》といわれています。

（ぐずぐずしていられないわ）

花びらはいくらひろっても、袋《ふくろ》に入れると底《そこ》にかたまってしまって、なかなかたまっていきません。ようやく、袋の半分まで集まったので、しずりはいそいで家に帰りました。

玄関《げんかん》を入ってすぐにある座敷《ざしき》では、おばあさんが縫《ぬ》いものをしていて、部屋《へや》の奥《おく》にはおじいさんがすわっていました。

「ただいま」と声をあげたしずりに、おば

あさんが「しーっ」と目配《めくば》せしました。

座敷《ざしき》の奥《おく》で、おじいさんがいねむりをしています。外出用の背広《せびろ》をぬいで、家用の着物《きもの》に着がえたおじいさんは、めがねをかけて開《ひら》いた新聞を両手《りょうて》にもったまま、こっくりこっくり舟《ふね》をこいでいました。かけっぱなしのラジオからは、音楽が流《なが》れています。

おじいさんの前には火のない四角い火鉢《ひばち》があって、春のやわらかい日射《ひざ》しが火鉢の木目《もくめ》をうきあがらせていました。

おじいさんのうしろにあるふすまは開《あ》けはなたれていて、奥座敷にかざられた七段飾《だんかざ》りのひな壇《だん》が見えました。ひな祭《まつ》りは三月三日ですが、このあたりは寒《さむ》いからか、四月十日に祝《いわ》います。最上段《さいじょうだん》のおひなさまにも陽《ひ》があたっていて、白いお顔もお着物もきらきらしていました。

しずりはおばあさんの耳もとでささや

きました。

「お母さんは？」

「万屋《よろずや》さんに行きましたよ」

万屋は、村に一軒《けん》しかない店で、野菜《やさい》、菓子《かし》、調味料《ちょうみりょう》、酒《さけ》などの食料品《しょくりょうひん》から、石けん、ちり紙、文房具《ぶんぼうぐ》、鍋《なべ》、農作業《のうさぎょう》に必要《ひつよう》な道具《どうぐ》まで、なんでも売っていました。

しずりは台所《だいどころ》へ行くと、たなから鍋をとりだして袋《ふくろ》の花びらを全部《ぜんぶ》入れました。そして、大きなかまどの横《よこ》にあるプロパンガスのコンロに鍋をのせて水を注《そそ》ぐと、どきどきしながらマッチで火をつけました。去年《きょねん》プロパンガスをとりつけましたが、しずりが使《つか》えるようになったのは最近《さいきん》のことです。でも、ガスのコンロはひとつだけしかないので、今もご飯《はん》を炊《た》いたりいろいろな料理《りょうり》をしたりするときにはかまどを使っています。ガスは、いそぎのときしか使いませんでした。

水の中でも、花びらはきれいな桃色《ももいろ》で、鼻《はな》を近づけるとほんのりあまずっぱい香《かお》りがしました。

(うーん、いいにおい)

ガス台の近くには、お母さんからもらった白い布《ぬの》があります。着物《きもの》のうらに使《つか》った残《のこ》りで、絹《きぬ》のやわらかい布でした。

「まってて。すぐにきれいに染《そ》めてあげるからね」

鍋《なべ》の水がぐつぐつと泡立《あわだ》ちはじめました。すると、桃色《ももいろ》の桜《さくら》の花びらが、どんどん茶色にかわっていきます。

「だめーっ」

さけんだあと、しずりはあわてて自分の口をふさいで座敷《ざしき》のほうを見ましたが、ひっそりしたままです。胸《むね》をなでおろしてもう一度《いちど》鍋の中をのぞきました。鍋は、ぐつぐつぷくぷく泡をふくたびに、茶色くなった花びらをおどらせていました。桃色は、

どこにもありません。

でも、どんなに茶色くなっても、中にあるのはまちがいなく桜《さくら》の花びらです。

しずりは鍋《なべ》の中に、白い布《ぬの》を入れました。布はすぐにうっすらとした茶色にかわっていきました。それでも、しずりはまだ桜の力を信《しん》じていました。あんなにきれいな桃色《ももいろ》がなくなるはずがありません。

お母さんが染《そ》めものをするときのように、しばらくぐつぐつ煮《に》たあと火を止め、今度《こんど》は布を水で何回も洗《あら》いました。くたっとなった花びらが布にはりついていて、きれいに洗いながすのに時間がかかりました。

茶色くなった布をさおに干《ほ》して、しずりはじっと見ていましたが、すっかりかわいても、桃色が生きかえることはありませんでした。

花びらで染めた桃色の布で、お弁当箱《べんとうばこ》を包《つつ》もうと思っていたのです。四年生の春にふさわしいはずの決心は、あっけなく失敗《しっぱい》に終《お》わりました。

お父さんが会社から帰ってきそうな時間になると、今日も村のおじさんたちがやってきました。中には友だちのお父さんもいます。

玄関《げんかん》に出たお母さんが、何度《なんど》もおじぎしながら「おいでになったことは伝《つた》えておきますから、どうぞおひきとりください」とお願《ねが》いしています。

今年から農協《のうきょう》でまゆの出荷《しゅっか》をあつかうようになったのですが、おじさんたちは今までどおり、お父さんの会社で買ってほしいというのです。農協よりも高く買ってもらえると思っているのです。

となりの家のおじさんが、お母さんにつめよります。

「息子《むすこ》も世話《せわ》になっているんだし、なんとかお願いしますよ」

茅町《かやまち》にあるお父さんの会社で働《はたら》いている村の人は、たくさんいました。会社の宿舎《しゅくしゃ》で寝起《ねお》きしている人もいるし、家から歩いて通っている人もいます。

おじさんたちが帰ってしばらくしたところに、お父さんの車が帰ってきました。

お母さんが話しだすと、「だいじょうぶ。心配《しんぱい》はいらない」といいながら、お父さんは部屋《へや》に入って着《き》がえだしました。

つぎの日の朝、うす茶色に染《そ》まった布《ぬの》を見るなり、しずりの気持《きも》ちはしぼんでしまいました。

学校へ行っても、だれとも話さないでぼんやりしているところに、はじまりの鐘《かね》がなりひびきました。

担任《たんにん》の中田春子《なかたはるこ》先生は、今日も元気いっぱいです。

「みなさん、転校生《てんこうせい》ですよ。この学校で転校生をむかえるのは、はじめてだそうです。仲《なか》よくしましょうね」

転校生ときいてびっくりしたしずりが顔をあげると、先生の横《よこ》に立っていたのは、きのう、桜《さくら》の木の下で会ったあの子でした。

ふしぎさん

「柏木《かしわぎ》メイ、いいます。メイはカタカナです」

メイと自己紹介《じこしょうかい》したきのうの少女は、しずりに気づいて、目があうと、ちょこっとだけ笑《わら》いました。今日もだぶだぶのブラウスともんぺ姿《すがた》ですが、まずしい家の子には見えません。色が白くてとびっきりにかわいいのと、どうどうとしているからかもしれません。

休み時間になると、村の子どもたちはメイさんをとりかこんで、質問《しつもん》ぜめにしました。

しずりはみんなから少しはなれたところで、メイさんを見ていました。

「すごく背《せ》が高いけど、前の学校でも、学年でいちばんだった？」

「そやねぇ」

「あんた、どこの言葉《ことば》をしゃべっているの？」

「大阪《おおさか》」

「大阪から来たの？」

「うーん。そやね」

「なにがすき？」

「すてきなこと」

だれかが「すてきだなんて、おとなみたい」といえば、「ただおとなぶっているだけじゃないの」という子もいます。

「大阪って、どこ？」

「京都《きょうと》や奈良《なら》に近いところ」

またざわざわと、京都や奈良についてみんながしゃべりだしました。ひとしきりメイさんへの質問《しつもん》がつづいたあと、葉子《ようこ》ちゃんが大きな声でききました。葉子ちゃんはクラスでいちばん元気な子です。

「家はどこ?」

「農協《のうきょう》の近く」

「農協のまわりは畑《はたけ》ばかりで、家なんてないよ」

「農協のうらにある小さい家」

葉子《ようこ》ちゃんはみんなの顔を見まわしながら、声をいっそうはりあげました。

「もしかして、乾燥場《かんそうば》のこと? まさか、ちがうよね」

「ちがわない。家は乾燥場やわ」

メイさんをとりかこんでいた人の輪《わ》が、あっというまにくずれてなくなり、子どもたちはひそひそとささやきあいながら、メイさんからはなれていきました。

乾燥場のことは、しずりも知っていました。

しずりが生まれる前のことですが、農協では馬や牛を飼《か》っていたそうです。そのえさとして刈《か》りとった草を、冬のあいだに乾燥させて保管《ほかん》するのが、その乾燥場だったのです。その後、農協では馬や牛を飼わなくなり、乾燥場は必要《ひつよう》なくなったのですが、木造《もくぞう》のしっかりした小屋《こや》なのでこわすのがもったいないと、倉庫《そうこ》がわりに使《つか》っていました。

稲穂村《いなほむら》は北側《きたがわ》に大きな山があって、行きどまりの村ですから、めったによその人はやってきません。でも、たまに旅《たび》のとちゅうみたいに、ふらりと来る人がいます。村には宿屋《やどや》がないので、旅の人は泊《と》まるところにこまります。農協《のうきょう》で乾燥場《かんそうば》をかしてあげたのがはじまりで、たいていはひと晩《ばん》だけ寝《ね》て、またどこかへ行ってしまうそうですが、半年とか一年とかいた人もいたようです。

乾燥場に泊まるのは、村に知りあいのない旅のお方ときまっていました。どこのだれともわからない人を村にむかえるのはよくないと、農協のやり方に反対《はんたい》する人も多かったのですが、何度《なんど》話しあっても、乾燥場に旅のお方を泊めないことにはなりませんでした。

この村は、遠いむかしに旅のお方が開拓《かいたく》してできたという言《い》い伝《つた》えがあったり、伝染病《でんせんびょう》でこまっていた村人を助《たす》けたのは旅のお方だったという話も語りつがれています。

今でも、お年よりたちの中には、旅《たび》のお方《かた》を大事《だいじ》に思っている人がいますが、大部分《だいぶぶん》の人は、よそからきた人は村にいてほしくないと考えていました。

しずりが小さいころ、家の畳《たたみ》を新しくしてくれたのは、乾燥場《かんそうば》にいた畳《たたみ》屋《や》さんでした。いつからいつまで乾燥場にいたのか知りませんが、とてもやさしいおじさんだったことは覚《おぼ》えています。

旅のお方に乾燥場をかしているあいだ、農協《のうきょう》は仕事《しごと》を見つけてあげるそうです。


休み時間にメイさんのところに行く人はいなくなりました。女の子たちはメイさんに近づかないようにしているようですが、男の子たちははずかしいのか、乾燥場を気にしているのかわかりませんが、やはりメイさんには

知らんぷりでした。

しずりも教室ではひとりでした。だれかが話しかけてくることはありますが、遊《あそ》ぼうとはさそわれませんでした。

メイさんもしずりもひとりでした。

昼休みに、しずりはメイさんの席《せき》に行って、「学校が終《お》わったら庭《にわ》でね」と小さい声で伝《つた》えると、メイさんは前をむいたまま、そっとうなずきました。

放課後《ほうかご》、みんなが家に帰ったあと、ふたりはならんで鉄棒《てつぼう》にもたれかかりました。しずりのランドセルも、メイさんの手《て》さげ袋《ぶくろ》も、鉄棒の下におかれています。

ふたりとも、顔を見合わすだけで楽しくなってきます。

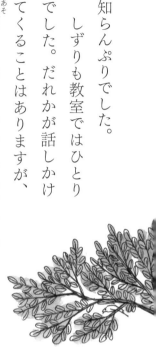

　メイさんがしずりをじっと見たあと、まじめな顔でききました。

「うちはひとりになれてるけど、あんたはどうして？」

「どうしてなのかなぁ……いじわるされているわけじゃないから、いいのよ。もう、なれちゃった」

「そうなんや。村の人はみんな仲《なか》よしやと思ってた」

　しずりはときどき考えます。どうしてこんなことになってしまったのだろうと。小さいときにはだれとでも仲よく遊《あそ》んでいたのに、いつからか友だちがよそよそしくなってしまったのです。

　メイさんがくるんと逆上《さかあ》がりをしました。

　しずりはちょっとまよいましたが、「だいじょうぶ。きっとできる」と自分にいいきかせてから、鉄棒《てつぼう》をにぎりました。今日はうまくいきました。

「えーと、しずりって、だんだん、いい名前に、思えてきた」

　鉄棒でおなかをおさえられているからか、メイさんの声はとぎれとぎれです。

「あたしも、メイって、だんだん、いい名前に、思えてきた」

ふたりは顔を見合わせて、くふっと笑《わら》ったあと、地面《じめん》におりました。

メイとカタカナで書くそうですが、カタカナの名前はとてもめずらしくて、しずりのまわりにはだれもいません。

「どうしてメイなの？」

「五月に生まれたからやわ」

「どうして五月だと、メイになるの？」

メイさんがつんと鼻《はな》を上にむけて、「英語《えいご》でね、五月のことをメイっていうのや。知らんかった？」とききます。

しずりは、小学四年生が英語を知っていることにびっくりです。

「英語だなんて、すごーい。あたし、英語なんて、なにも知らないもの。ほんとうに知らないんだから」

「あんたって、へんな子やなあ。知らないことを自慢《じまん》してる。うちかて、英語はメイしか知らへん。知っているんはお父ちゃんや。お父ちゃんは英語をいっぱい知ってるみたいや」

「すごーい。お母さんも？」

「お母ちゃんはおらん。うちが生まれたとき、死《し》んでもうたんよ」

「ごめん。へんなこときいて」

「ちっともへんやないよ。子どもやったら、だれかて、お母さんのことは気になるもんや。お母ちゃんはおらんけど、お父ちゃんとふたりでそこいらじゅうへ行ってるんよ」

メイさんは今までに行ったことのある場所《ばしょ》を教えてくれました。

「五歳《さい》ぐらいまで、大阪《おおさか》と京都《きょうと》と奈良《なら》にいて、そいで、去年《きょねん》は東京《とうきょう》にいて、それから山梨《やまなし》の塩山《えんざん》にもいて、このあいだ、塩山からここに来たんや」

しずりはさっきから、メイさんのいうことにおどろいてばかりです。

「すごーい。あたしは茅町《かやまち》と甲府《こうふ》へ行ったぐらいだけど……いっぱい旅行《りょこう》をしているなんて、すごくうらやましい」

「そやろか？」

「お家はどこにあるの？　旅《たび》が終《お》わったら帰るんでしょ？」

「家なんか、あらへん。生まれたときから、家はないんよ」

しずりの頭の中はごちゃごちゃです。家がない人がいるなんて考えられません。知れば知るほど、メイさんがわからなくなっていきます。

「学校はどうするの？」

「今みたいに、旅先《たびさき》に学校があったら通う。教科書はないけど、見せてもらったり、先生がかしてくれたりするから、だいじょうぶ。うち、ほんまはな、教科書に書いてあることぐらい、もう知っとるんよ」

しずりは口をつぐみました。これ以上《いじょう》きいても、頭がもやもやするだけです。メイさんは、しずりが知らない世界《せかい》からひょっこりやってきたとくべつな子どもかもしれません。

メイさんがしずりの運動靴《うんどうぐつ》に目をとめました。しずりのからだがぴくんと小さくふるえました。

「きのうの下駄《げた》もすてきやったけど、今日の靴も、ええ感《かん》じやわ」

メイさんのわらぞうりは、きのうのままです。しずりの顔がかっかとほてります。「ごめん」といいたいけど、ちょっとちがう気もします。

しずりは下駄《げた》がすきでしたけれど、学校へ行くときには靴《くつ》をはきなさいと、お母さんからいわれているのです。

「あの、あのね、ほんとうは、下駄とか、わらぞうりがすきなの」

メイさんがきょとんとしています。

「あんな、ほめられたら、ありがとうっていうたらええの」

「うん……」

「うちはうちで、あんたはあんたや。そっくり同じやったら、おもろうないやろ?」

メイさんの笑顔《えがお》を見ていたら、しずりはおじいさんを思いだしました。メイさんのからだの中にも力がぬけていく空洞《くうどう》があるみたいです。ふわりと軽《かる》

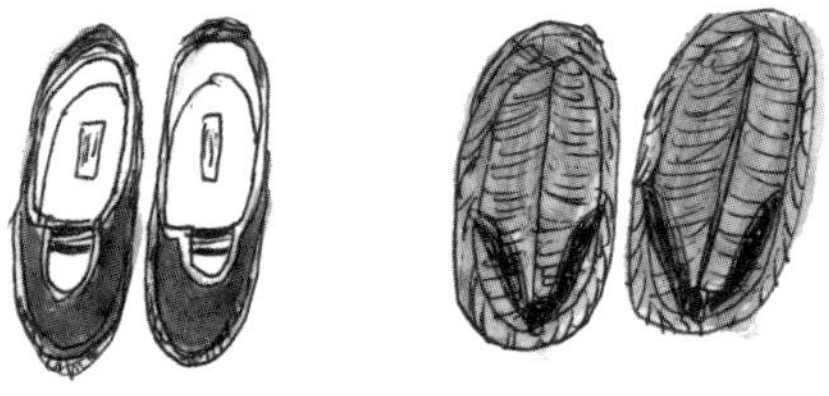

くて、こだわりがないのです。しずりにはそんな空洞《くうどう》はありません。

メイさんが手《て》さげ袋《ぶくろ》を手にとりました。

「もう、帰らへん？　お父ちゃんがまっているかもしれへん」

「そうだね」

しずりもランドセルを背中《せなか》にせおいました。

農協《のうきょう》はバス通りを茅町《かやまち》のほうへ少し行ったところにあって、帰る方向《ほうこう》はふたりとも同じでした。

歩きだしてすぐ、メイさんがしずりの肩《かた》をちょんちょんつつきました。

「しーちゃんて呼《よ》んでもええ？」

メイさんの声ははずんでいます。

「メイちゃんて呼んでいい？」

ふたりはうなずきあいました。

「しーちゃん、ずっとききたかったんやけど、桜《さくら》の花びらはどないしたん？」

しずりも、そのことが気になっていました。メイさんがわすれていてくれたらいいなと思っていたのです。

「失敗《しっぱい》したの。それでも知りたい？」

メイさんは手《て》さげ袋《ぶくろ》をふりまわしながら、スキップまではじめました。

「うん。しーちゃんのことやったら、なあんでも知りたい」

しずりは、メイさんのスキップにおくれないように小走りであとにつづきながら、桜色《さくらいろ》に染《そ》めたかった布《ぬの》の話をしました。お母さんの染めものと同じように、鍋《なべ》でぐつぐつ煮《に》たのにうまくいかなかったと伝《つた》えたのです。

メイさんがスキップをやめて立ちどまりました。

「四年生が染めものをしたんやろう？　失敗しても、すごくすてきやわ」

「そうかなぁ」

「そうにきまっとる。しーちゃんは、すてきやわ」

しずりはメイさんにすてきだといわれて、ふわっとからだが軽《かる》くなりました。

空を見ると、太陽《たいよう》が少し西にかたむいています。南アルプスの山々《やまやま》は色を深《ふか》めていき、稜線《りょうせん》がくっきりとしてきました。

しずりは山の上を指《ゆび》さしました。

「あのあたりに、一番星が出るのよ」

「家に帰ってから、見てみるわ。お父ちゃんにも教えてあげようっと」

しずりの家の前で、ふたりは別《わか》れました。

家に入ると、あまいにおいがしずりの鼻《はな》をくすぐりました。

台所《だいどころ》ではおじいさんが着物《きもの》にたすきをかけて、つぼをのぞいています。においはつぼの中からでした。

「おいしそう……」

おじいさんは木べらでつぼの中の白い液体《えきたい》をかきまぜたあと、またふたをしてしまいました。

「味見《あじみ》しなくてもだいじょうぶ？」

「だいじょうぶだいじょうぶ」

おじいさんは笑《わら》いながら、今度《こんど》は寒天《かんてん》を水につけたり、炊《た》いた小豆《あずき》をつぶしたりしていそがしそうです。

「しずりさんは、明日をお楽しみに」

明日はひな祭《まつ》りです。

しずりが小さいときから、ひな祭りのごちそうは全部《ぜんぶ》おじいさんがつくっていました。お母さんはおじいさんの手伝《てつだ》いになって、お母さんの得意《とくい》なだし巻《ま》き卵《たまご》も、ひな祭りにはおじいさんの仕事《しごと》になりました。

学校にあがる前の女の子たちは、ひな祭りになるとお重箱《じゅうばこ》にごちそうをつめてもらって、友だちの家をまわります。ひな人形の前でお重箱を開《あ》けて、友だちとごちそうをとりかえたりしながら食べます。風呂敷《ふろしき》に包《つつ》んでもらっ

たお重箱《じゅうばこ》の中は、あちこちの家をまわっているうちにまざりあって、お煮《に》染《し》めも水ようかんも栗《くり》きんとんも、みんな似《に》たような味《あじ》や色になってしまいました。でも、そんなことはおかまいなしです。友だちとわいわいいいながらごちそうといっしょに村を歩きまわるだけでじゅうぶん楽しかったのです。友だちの家にどんなおひなさまがかざられていたかなんて、きっとだれも覚《おぼ》えていないはずです。

あれは、小学校にあがる前の年でした。

おじいさんがどこからか小さな二段重《だんがさ》ねのお重箱を買ってきました。赤い漆《うるし》に、貝でできた梅《うめ》の花がいくつもあって、それは美《うつく》しいお重箱でした。

「やっと、子どもにふさわしいのが手に入りましたよ」

おじいさんはうれしそうに、やわらかい布《ぬの》でかわいらしいお重箱をぬぐっていました。横《よこ》にいたおばあさんは、ちょっと不満《ふまん》そうです。

「これは、家の中だけで使《つか》ったほうがいいですよ」

おじいさんはおばあさんの言葉《ことば》を無視《むし》して、お母さんにそのお重箱《じゅうばこ》をわたしました。

「これににあう風呂敷《ふろしき》をつくってやりなさい」

お母さんはおばあさんをちらちら見ながら、うつむいたまま、「はい」とこたえました。

おばあさんは立ちあがりながら、「しずりのためになりませんよ」と、言葉をかぶせましたが、おじいさんは、またおばあさんの言葉を無視しました。

「小さい子どもには小さい重箱がよろしい。かわいい包《つつ》みをつくるのですよ」

念《ねん》をおされたお母さんは、か細い声で、「はい」といいました。

きいているしずりの胸《むね》がちくっといたみます。お母さんは、おじいさんのいうことにもおばあさんのいうことにも、さからえないのです。

おとなたちのむずかしいやりとりはすぐにわすれました。赤い二段重《だんがさ》ねは、自分のためにこの家にやってきたと思うと、しずりはうれしくてたまりませんでした。

そして、その年のひな祭《まつ》りがやってきました。

いつもよりもきれいな服《ふく》を着《き》せてもらって、しずりは友だちが来るのをまっていました。その年は、最初《さいしょ》にしずりの家でお重箱《じゅうばこ》のごちそうを食べることになっていたのです。

ひな壇《だん》の前には食卓《しょくたく》がおかれていて、しろ酒用《ざけよう》のさかずきがいくつもならんでいました。

五人の少女たちは、全員《ぜんいん》がそろうといそいそと風呂敷《ふろしき》を広げて、ごちそうを見せあいました。

葉子《ようこ》ちゃんが、しずりの手もとを見ています。

「あれ、しずりちゃんの重箱、おもちゃみたい」

「ほんとだ。ちっさいねぇ」

「赤い重箱なんて、見たことないよ」

少女たちのお重箱は黒とか茶色一色で、もようはありません。大きさも二段重《だんがさ》ねの倍《ばい》ぐらいありました。

はずかしくなったしずりが、お重箱《じゅうばこ》にふたをしたとたん、みんなの目がそこに集《あつ》まりました。銀色《ぎんいろ》の梅《うめ》が光っています。

「きれーい」

いちばん小さい和子《かずこ》ちゃんが、両手《りょうて》を畳《たたみ》について赤いお重箱をながめています。

和子ちゃんは村で一軒《けん》しかない精米屋《せいまいや》のひとり娘《むすめ》で、しずりをお姉ちゃんと呼《よ》ぶかわいい子でした。

和子ちゃんの目はお重箱にすいついています。

「あっ、横《よこ》にも梅が咲《さ》いている。あたしなら、宝《たから》ものを入れとく」

きれいといわれても、しずりはもううれしくありませんでした。

「きれいでも、こんなに小さかったら、ごちそうがたくさん入らないじゃない」

だれかがそういうと、和子ちゃんが、お重箱を指《ゆび》さしました。

「二段《だん》あるから、たくさん入るよ」

しずりはあわてて、布《ぬの》で包《つつ》んで見えなくしました。布は、お母さんの着物《きもの》の残《のこ》りでつくったもので、うぐいす色にナンテンの葉《は》と赤い実《み》がししゅうしてあります。

もうだれにも見てほしくないのに、和子《かずこ》ちゃんの目はまだしずりのお重《じゅう》箱《ばこ》に注《そそ》がれています。

「風呂敷《ふろしき》も小さくて、きれーだね。ふわふわしてる」

「見ないで」

しずりににらまれた和子ちゃんが、「お姉ちゃん、どうしておこるの？」と、口をとがらせています。

しずりは和子ちゃんから目をそむけて、お重箱をスカートのうしろのほうにかくしました。

「しずりちゃんは、いいよねえ。なんでもとくべつなんだから」

葉子《ようこ》ちゃんがそういうなり、少女たちは自分たちもお重箱を風呂敷に包んでしまいました。

それからのことを、しずりは思いだせませんでした。いつものように、友だちの家を一軒《けん》ずつまわったあと神社《じんじゃ》へ行って、神楽《かぐら》をおどる舞台《ぶたい》で残《のこ》りのごちそうを食べて家に帰ったはずですが、そのときのしずりは友だちといっしょにいるのがいやでいやで、なにもかもが上の空でした。

あのときから、しずりは少しずつ友だちの輪《わ》からおいてきぼりにされたように思います。

あれほどいやな思いをしたのに、おじいさんにもお母さんにもなにもいえませんでした。

小学校に入学したとき、これで友だちといっしょのひな祭《まつ》りはなくなったと、どんなにほっとしたかわかりませんでした。でも、小学生になっても葉《よう》子《こ》ちゃんから「遊《あそ》ぼう」とさそわれたことはありません。ほかの子どもたちは葉子ちゃんのいやがることはしませんから、しずりはだんだんひとりぼっちになっていきました。

メイさんが転校《てんこう》してきたつぎの日の朝です。おじいさんの前には寿司桶《すしおけ》が用意されていて、かわいらしい茶巾寿司用のうすい卵焼きが何枚もできあがっていました。ひな祭《まつ》りのお重箱《じゅうばこ》にかならず入っているのがこの茶巾寿司でした。

しずりは、いいことを思いつきました。

「今年は赤いお重箱につめてもらいたいの」

おじいさんは紅白《こうはく》のおもちを菱形《ひしがた》に切りながら、「いいですよ」といいました。四年生は友だちとひな祭りをやらないことを知っているのに、なにもききません。

「きのう、転校生が来たの。メイさんていうの。お重箱をもって、メイさんと神社《じんじゃ》に行ったら楽しそうだと思って」

「なるほど」

おじいさんの包丁《ほうちょう》が、つぎつぎとおもちを切っていきま

す。

「転校生《てんこうせい》だなんて、めずらしいこと。家はどこです？」

いつ来たのか、おばあさんがうしろにいました。

「家はね……」

しずりは言葉《ことば》につまってしまいました。乾燥場《かんそうば》というだけなのに、なかなかうまくいえません。

「あのね、あの」

もじもじすればするほど、メイさんに悪《わる》いことをしているような気がしてきました。

「乾燥場だって」

やっといえたしずりを、おばあさんがぎろっとにらみました。

「仲《なか》よくしなくてもいいですよ。きっと、すぐにいなくなりますからね」

おじいさんは包丁《ほうちょう》をおいてゆっくり立ちあがると、おばあさんの前に来て、しずりとむきあいました。おばあさんはおじいさんの背中《せなか》にかくれています。

「ごちそうとしろ酒《ざけ》は、学校から帰ってくるまでに用意《ようい》してておきましょう。重箱《じゅうばこ》は、あの重《かさ》ね重箱《じゅうばこ》だけでいいですか？」

「はい」

おじいさんに「ありがとう」といって台所《だいどころ》を出ていくしずりの耳に、「感《かん》心《しん》しませんねえ」というおばあさんの声がきこえました。

「子どもになんということを」

おじいさんのとがった声もちゃんときこえました。

おばあさんになにをいわれても、おじいさんはしずりとメイさんのためにごちそうを用意してくれると、しずりは知っています。おじいさんは今までに一度《いちど》だって、しずりにうそをついたこともないし、いやな思いをさせたこともありませんでした。

だれもいない神社《じんじゃ》の舞台《ぶたい》で、メイさんとひな祭《まつ》りのごちそうが食べられると思うと、しずりはとびあがりたいほどうれしくてなりませんでした。

旅《たび》のお方《かた》

学校から一度《いちど》家に帰ったメイさんが、しずりの家に来ました。頭にはあの麦《むぎ》わら帽子《ぼうし》があります。

太陽《たいよう》はまだ空の高いところにありますが、春先の日射《ひざ》しはほかほかと気持《きも》ちがよくて、全身《ぜんしん》であびていたいほどです。帽子でさえぎるなんて、しずりには考えられませんでした。

「メイちゃんて、その帽子がすきなのね？　いつもかぶっていたいの？」

メイさんは両手《りょうて》をこすりあわせながら、はずかしそうにうつむきました。メイさんのこんな姿《すがた》ははじめてです。

「あのな、お父ちゃんがな、うちは日焼《ひや》けしたらあかんていわはるんよ。色

は白いほうがいいって」

「ふうーん」

しずりは日焼《ひや》けしたらだめだなんて、一度《いちど》もいわれたことがありません。やっぱり、メイさんはふしぎな人だと思いました。

「ちょっとまってて」

家の中へ行きかけたしずりの足が止まりました。お重箱《じゅうばこ》は、ひな壇《だん》の前においてあったのを思いだしたからです。おひなさまは明日になればかたづけられてしまいます。

「おひなさま、見る？」

「かまへんの？」

「どうぞ」

しずりが玄関《げんかん》の戸を開《あ》けて、からだを横《よこ》によけたのに、メイさんは入り口で立ちどまってしまいました。

「家にあがっても、ええの？」

今日のメイさんは、様子《ようす》がへんです。

「しずりさんかな？」

座敷《ざしき》からおじいさんの声がしました。

「お友だちにおひなさまを見せてあげるの」

しずりはメイさんの手をひっぱって、むりやり上にあげました。

火鉢《ひばち》の前のおじいさんが、新聞を横《よこ》においてふたりに笑《わら》いかけるのと、そばにいたおばあさんが、しずりをにらむのとが同時でした。

メイさんはあわてて正座《せいざ》すると、畳《たたみ》に両手《りょうて》をついておじぎしました。

「こんにちは」

「いらっしゃい。メイさんですね？」

しずりから名前をきいていたおじいさんが、やさしい目をメイさんにむけました。

「はい。柏木《かしわぎ》メイです」

「よく来ましたね」

いとおしそうにメイさんを見つめるおじいさんのまなざしに、しずりはうっとりしています。自分の友だちをこんなふうにむかえてくれるなんて、やっぱり、おじいさんはとくべつな人だとうれしくなりました。

おばあさんは縫《ぬ》いかけの着物《きもの》を膝《ひざ》からおとすと、肩《かた》をいからせて部屋《へや》から出ていってしまいました。

奥座敷《おくざしき》でひな人形を見たあと、ふたりはお重箱《じゅうばこ》とあまいしろ酒《ざけ》が入った竹筒《たけづつ》をもって、神社《じんじゃ》へむかいました。

鳥居《とりい》が見えるところまで来たとき、桑《くわ》の木《き》がいっぱいのった背負子《しょいこ》をせおった人とすれちがいました。中学生ぐらいの男の子です。重《おも》たそうに、うつむいて歩いています。

「しずりちゃん」

呼《よ》びかけられてよく見ると、春人《はると》くんでした。

「あっ、春くんだ。お仕事《しごと》なの？」

「うん。平賀《ひらが》さんちで働《はたら》いている」

「いつまで？」

「お蚕《かいこ》さんがまゆをつくりはじめるまで。じゃ、バイバイ」

かた手をひらひらさせて、春人《はると》くんは通りすぎていきました。

メイさんが、春人くんの背負子《しょいこ》を見ています。

「力もちなんやね」

「うん、春くんはおとなの仕事《しごと》もできるのよ」

去年《きょねん》の十二月、春人くんはしずりの家ですごしました。大掃除《おおそうじ》や正月の用意《ようい》を手伝《てつだ》いましたが、腰《こし》をいためたおじいさんのかわりに、もちつきもしてくれました。

春人くんには家がありません。

しずりがうんと小さいとき、春人くんはお父さんとこの村にやってきた旅《たび》のお方《かた》です。乾燥場《かんそうば》で五日すごしたあと、お父さんは五歳《さい》の春人くんを残《のこ》して、どこかへ行ってしまったそうです。

それ以来《いらい》、春人《はると》くんは村の家々《いえいえ》を転々《てんてん》としながら暮《く》らしています。子守《こもり》や畑仕事《はたけしごと》などで春人くんに働《はたら》いてもらいたい家があると、仕事があるあいだはご飯《はん》を食べさせて、家のどこかに泊《と》まらせてあげます。どこからも仕事をたのまれないときは、乾燥場《かんそうば》や村役場《むらやくば》の軒下《のきした》ですごすようです。

ふたりは神社《じんじゃ》の鳥居《とりい》まで来ました。

神社の森はこんもりとしげっていて、日中でもうすぐらいのですが、石畳《いしだたみ》の参道《さんどう》と神楽《かぐら》をおどる舞台《ぶたい》には、ところどころに陽《ひ》がとどいています。人はだれもいません。ここがにぎやかになるのは正月と秋祭《あきまつ》りのときぐらいです。

「しずかやねえ」

メイさんは鳥居をくぐったところで立ちどまり、帽子《ぼうし》をとると、参道のわきにそびえたつ大杉《おおすぎ》を見上げています。

しずりも横《よこ》に立って、大杉に手をそえました。

「大きな木って、だーいすき」

「うちも、すき。この木、まっすぐに立っているんも、ええわあ」

木のてっぺんに行けたらいいねえとか、てっぺんで食べるおやつはあめがいいとか話しながら、ふたりはしばらくのあいだ大杉《おおすぎ》の根《ね》もとにいました。

メイさんは目を閉《と》じて何度《なんど》も深《しん》呼吸《こきゅう》をしたあと、「やっぱり、おんなじやわ」とつぶやきました。

「神社《じんじゃ》って、大阪《おおさか》の神社も京都《きょうと》の神社も、みんなおんなじにおいがする」

首をかしげるしずりに、メイさ

んが「におってみ」といいます。

しずりも目を閉《と》じて、ゆっくり深呼吸《しんこきゅう》をしてみました。かすかに、青草のようなすきとおったにおいがしました。これが神社《じんじゃ》のにおいかどうかわかりませんが、メイさんと同じにおいの中にいるのは、ちょっとすてきです。

ふたりは階段《かいだん》の下ではきものをぬいで、舞台《ぶたい》にあがりました。

いつもはほこりだらけですが、ひな祭《まつ》りの朝になると、だれかがきれいに掃除《そうじ》をしておいてくれます。入学前の女の子たちが、ここでごちそうを食べたり遊《あそ》んだりするからです。

舞台の床《ゆか》には、食べこぼしたごちそうやお菓子《かし》のくずなどが落《お》ちていますが、なぜか、きたない感《かん》じはしませんでした。自分が小さかったときのことが思いだされて、なつかしいくらいです。

ふたりは食べこぼしをひろいあつめると、舞台のはしっこにまとめておきました。

しずりは風呂敷《ふろしき》を開いて、お重箱《じゅうばこ》のふたを開《あ》けました。

メイさんがのぞきこみます。

「わぁー、すごーい。きれいやわあ。こないなごちそう、うち、はじめてやわ。ほんまに食べてもええの？」

「ええのええの、食べよう」

メイさんにつられて、しずりの口からも大阪言葉《おおさかことば》が出てきました。

お重箱《じゅうばこ》の上にふせておいてあった二枚《まい》の小皿《こざら》を、ふたりはそれぞれ手にとり、栗《くり》きんとん、水ようかん、だし巻《ま》き卵《たまご》などを皿にとっていきました。

しろ酒用《ざけよう》のさかずきは青竹のひと節《ふし》です。

「しーちゃんのおじいさんて、お料理《りょうり》をする人なん？」

「お正月とか、お盆《ぼん》とか、ひな祭《まつ》りとか、大事《だいじ》なときだけ料理する人」

「ええねえ。お母さんは大助《おおだす》かりやわ」

手伝《てつだ》いをしているお母さんは、とくべつうれしそうでもありません。

「そうかなぁ」

「そらそうやわ。主婦《しゅふ》はいそがしいねんから」

メイさんはおとなっぽいことをよくいいます。

「料理《りょうり》も掃除《そうじ》も洗濯《せんたく》も、女の仕事《しごと》にきまっとらんのやから、できる人がやったらええのよ」

しずりの家でおとなの女性《じょせい》はお母さんとおばあさんですが、台所の仕事も掃除も洗濯も、すべてお母さんがひとりでやっています。それがお母さんの仕事で、今までにたいへんだろうと思ったこともありませんでした。

「しーちゃんとこのおじいさんは、男女同権《どうけん》を知っているんやね」

「だんじょどうけんて、なに？」

「男も女も同じ人間だから、差別《さべつ》したらあかんていうことらしい」

しずりの頭の中がいそがしくなりました。

どう考えても、おじいさんが料理をするのは男女同権のためだとは思えません。とくべつな行事《ぎょうじ》のとき以外《いがい》には、おじいさんは台所《だいどころ》にも入りませんでした。

青竹の器《うつわ》に注《そそ》いだしろ酒《ざけ》は、とろんとあまくて、ふた

りはすぐに竹筒《たけづつ》をからにしました。

茶巾寿司《ちゃきんずし》を食べおわったメイさんが、ため息《いき》まじりにつぶやきました。

「しーちゃんはええなぁ」

しずりの胸《むね》がどきんとしました。村の友だちのように、メイさんもしずりからはなれていってしまうのでしょうか。

「うち、お姫《ひめ》さまになった気分や。だって、こないなこと、いままでにいっぺんもなかったんやもん」

メイさんがよろこぶ姿《すがた》を見ているだけで、しずりにうれしさがこみあげてきます。

「しーちゃんと友だちになれて、ほんにうれしい」

「あたしだって、メイちゃんと友だちになれて、うれしい」

メイさんが床《ゆか》に正座《せいざ》して、しずりの両手《りょうて》をとりました。

「しーちゃんみたいな子、はじめてや」

しずりはまたどきんとしました。学校の先生には、「競争心《きょうそうしん》がなさすぎといわれ、お母さんからは、「のんびりしすぎる」といわれているのである」

す。

「あたしみたいにぐずぐずした子、見たことなかったの？」

メイさんが目をまん丸くしました。

「なにいうてるの。しーちゃんはすてきやで。礼儀《れいぎ》正しいお嬢《じょう》さまやのに、すごくやさしい。うちにはまぶしいくらいや。うちがいいたかったんは……あのな、しーちゃんはうちのこと、白い目で見んかった。ふつうの転校生《てんこうせい》に思ってくれた。うちはどこへいっても、野良犬《のらいぬ》みたいにシッシッて、おっぱらわれる。ずっとそうやった」

メイさんは遠くを見るような目をしたあと、力をこめてしずりの手をにぎりなおしました。

「あんな、しーちゃんは、マリアさまみたいにいい人なんやと思う」

マリアさまはイエス・キリストのお母さんで、神《かみ》さまみたいな人だということぐらいは、しずりも知っていました。

「そんなこと、いわないで」

しずりははずかしくて、顔が熱《あつ》くなりました。りっぱな家があって、こんなごちそうもつくってもらえるんやもん」

「しーちゃんは、ええなぁって思う。

「メイちゃんも家がほしいの？」

「そらそうや。けど、うちはお父ちゃんの子やから、しゃあない」

しずりには、メイさんにかけてやる言葉《ことば》が見つかりません。だまって床《ゆか》をにらんでいることしかできませんでした。

「ごめん、しーちゃん。こまらんといて。家がなくても、おもしろいことはぎょうさんあるのや。めずらしいもん、見られるし、いやな人とはすぐに別《わか》れられるしな。あのな、今度《こんど》行くところはどんなかなぁって、思うんも楽しい」

しずりは、自分にはとてもそんな暮《く》らし方《かた》はできないと思いました。仲間《なかま》はずれにされても友だちとはいっしょにいたいし、家で家族《かぞく》とすごしたいからです。

「メイちゃんは強いんだね。すごいよ」

しみじみというしずりの顔を見て、メイさんがふきだしました。

「うちは、そないに強い子やないで。あのな、お父ちゃんの口ぐせ、おしえてやろうか？　人が生きていくなんて、なーんもむずかしいことあらへんそうやで」

しずりにはとてもむずかしいこととしか思えませんでした。ご飯《はん》はだれがつくってくれるのでしょう。洋服《ようふく》だって、買ってもらわなければなりません。寝《ね》るところもいるし、お風呂《ふろ》にも入りたいです。全部《ぜんぶ》がなくては、生きていけそうにありませんでした。

「あのな、お父ちゃんがいうんや。ありがとうという気持《きも》ちと健康《けんこう》なからだがあれば、どこでも生きていけるて。仕事《しごと》をすれば、食べるぐらいのお金はもらえるしな。寝る場所《ばしょ》かて、なんとかなるもんや」

メイさんのいうことはむずかしくて全部はわかりません。

「同じ四年生なのに、メイちゃんは、頭がいいんだね。あたしにはよくわからない」

首をかしげるしずりの耳もとで、メイさんがささやきました。

「うち、ほんまは五年生なんやで」

「どうして四年生になっているの？」

「五年はなまいきで、四年はかあいらし。だからや」

メイさんがいうには、たまに転校生《てんこうせい》になったりするけど、先生たちはどうせすぐにいなくなると思っているから、生まれた年なんかきかないそうです。

「学校へ行かなくても、メイちゃんみたいにかしこくなれるの？」

メイさんがにやっと笑《わら》いました。

「ええ質問《しつもん》や。字はお父ちゃんに習《なら》ったけど、あとは自分で勉強《べんきょう》した。本を見れば、なんでも教えてくれる。ほんまやで」

しずりは、「うん」と返事《へんじ》をしたけれど、心の中で、自分にはできないと思っていました。メイさんのかしこさは、きっと生まれつきなのでしょう。

お重箱《じゅうばこ》がすっかりからになったころには、太陽《たいよう》は西にしずみかけ、神社《じんじゃ》の境内《けいだい》にはうっすらと黒いもやがかかってきました。空気も急《きゅう》にひんやりしてきました。

「帰ろか」

しずりがいいたかった言葉《ことば》は、メイさんが先にいってくれました。

鳥居《とりい》を通りすぎると、メイさんはまた麦《むぎ》わら帽子《ぼうし》をかぶりました。

「メイちゃんは帽子がすきなの？」

「そやないよ。うちのお母ちゃんは京都《きょうと》の人で、色が白うてきれかったんやて。そいでな、お父ちゃんが、うちに日焼《ひや》けしたらあかんていうんよ。お母ちゃんに似《に》ているところを、ちゃんと残《のこ》さなあかんて。おかしいやろ？」

「おかしくないよ」

メイさんの色白はお母さんの形見みたいなものだったのです。しずりはメイさんのお母さんを想像《そうぞう》してみました。色の白い美《うつく》しい女の人がまぶたにうかびました。

神社《じんじゃ》からバス通りに出ると、すぐに大きな曲《ま》がり角《かど》になります。曲がり角の内側《うちがわ》は笹藪《ささやぶ》になっていて、昼でもうっそうとしているものですから、しずりははやくそこを通りすぎたくて、自然《しぜん》と足早になりました。

少しのあいだに太陽《たいよう》は空から消《き》えて、あたりは夕暮《ゆうぐ》れどきの色に染《そ》まっています。

曲がり角にさしかかったときです。

ざわざわと音がしました。人の声です。耳をすますと、男の子たちがさわいでいるようでした。

「こんなこともわからないのか」

「一年生だって、こんな計算はできるのに」

メイさんも足を止めて、聞き耳を立てました。

「はるっ。きいてんのか？」

「乾燥場《かんそうば》、おまえはばかか」

しずりのからだがぎゅっとちぢんでいきます。

春人《はると》くんが村の子どもたちにいじめられているのです。どうしよう、どうしたらいいのとこまりながらメイさんを見たときには、もう、メイさんは笹《ささ》藪《やぶ》をかきわけていました。笹藪のむこうは小さな空き地《あち》になっています。

「おっ、また乾燥場《かんそうば》が来たぞー」

「かんそうーば、かんそうーば」

はやしたてる声の合間に、ぱしぱしと音がします。

メイさんのあとにつづいてしずりが空き地に入ると、男の子たちにとりかこまれたまん中で、春人くんが正座《せいざ》をしています。その春人くんに男の子たちがじゃりを投《な》げつけていました。しずりと同じクラスの子もいます。

「乾燥場は、村のおなさけで生きているんだから、なにをされても文句《もんく》はいえないよな」

「そうだそうだ」

春人くんの頭を目がけて、じゃりがつぎつぎと投げられました。

じゃりはメイさんにも投げられました。

「なにすんねん。やめーや」

メイさんがわめいている横《よこ》から、しずりも前へ出ました。

「やめてーっ」

男の子たちはしずりの出現《しゅつげん》におどろいたようで、みんながぽかーんとしずりを見ています。

最年長《さいねんちょう》らしい男の子が、もじもじしながらしずりに近づいてきました。この子だけが中学生で、春人《はると》くんが今お世話《せわ》になっている平賀《ひらが》さんちの子でした。

「遊《あそ》んでいただけだから。な、はる」

春人くんが立ちあがって、頭や服《ふく》についたじゃりを手でふりはらいました。春人くんは子どもたちの中でいちばん背《せ》が高くて年齢《ねんれい》も上なのに、男の子たちにやられるがまま、がまんしていたのです。

「ちょっと、ふざけていたんだ」

笑《わら》いかける春人くんを見ているうちに、しずりの目から涙《なみだ》がこぼれおちました。

「しずりちゃん、心配《しんぱい》ないから」

春人《はると》くんは背中《せなか》を丸めたまま、笹藪《ささやぶ》から出ていきました。

「なんやの、あんたら。救《すく》いようのないアホどもや」

メイさんがどなっても、もうだれも「乾燥場《かんそうば》」とはいいません。

中学生がしずりの前に来ました。

「ほんとうに遊《あそ》んでいたんだ。家の人にいわないよな」

いうなり、中学生は男の子たちをひきつれてバス通りのほうへ行きました。

「うちらも、帰ろう」

メイさんが先に歩きだし、しずりはあとにつづきました。

しずりのからだの中では、むわむわとたくさんの思いがうずをまいたまま、出口を見つけられずにいます。思いが口もとまであふれているというのに、なにひとつとして言葉《ことば》にかわってくれませんでした。メイさんも同じだったかもしれません。

ふたりとも、しずりの家の前で「また、明日」と声をかわすまで、ひと言《こと》も話せませんでした。

せんみつさん

笹薮《ささやぶ》での出来ごとがあったつぎの日の朝です。

「しーちゃん、おはよう」

メイさんが校門の前でまっていてくれました。

メイさんは登校《とうこう》するとき、しずりの家の前を通るのに、しずりをさそってくれません。玄関《げんかん》の呼《よ》び鈴《りん》を鳴《な》らしてとたのむのですが、「そんなことはしたくない」といいます。なぜいやなのかわかりませんが、しずりはあきらめるしかありませんでした。そのかわりに、しずりが家の前に出ていたらいいのですが、のんびり屋《や》のしずりは、いくらがんばってもまにあいませんでした。

「メイちゃん、おはよう。いい天気だね」

いったあと空を見上げたら、黒い雲が広がっていて、今にも雨がふりそうです。

「ちっともいい天気じゃなかった」

げんなりしてうつむいたしずりの肩《かた》を、メイさんがぽーんとたたきました。

「きのうのこと、気にせんでええよ。うちらみたいなもんは、どこ行ってもよろこばれへん。しゃあないことやから、しーちゃんが気《き》に病《や》むことあらへん」

「あたし、どういったらいいのか、わからなくて……」

「なんもいわんでええよ。しーちゃんは今のまんまでええねんから」

「でもね、あたし、うまくいえないけど、なんだか、すごくはずかしい」

はずかしいと口にしたとたん、しずりの胸《むね》がすっとしました。そうだ、はずかしかったんだと。きのうのむわむわした気分の出口に、やっとたどりつけたみたいでした。旅《たび》のお方《かた》を見下《みくだ》した村の子どももはずかしいし、しずりやしずりの親を気にかけられたこともはずかしかったのです。

「しーちゃんの気持《きも》ち、うちにはわかる。いわんでも、ようわかるよ」

五年生のメイさんは、お姉さんの目をしてしずりを見ていました。

教室に入ると、授業《じゅぎょう》がはじまるまでに三十分もあるのに、ほとんどの子どもがもう登校《とうこう》しています。農家《のうか》は朝がはやいので、子どもたちもはやくから学校に来るのです。

しずりたちのクラスではドッジボールがはやっていて、休み時間になると、男子も女子も校庭《こうてい》にとびだしていきます。

「はじまるまで、ドッジやろうか?」

だれかがいうと、それを合図のように、みんなはばたばたと教室を出ていきます。

「しずりちゃんもやる?」

何人も声をかけてくれますが、しずりといっしょにドッジボールをしたいと本気で思っている人はいないとわかっていました。ただ、声をかけてくれるだけなのです。

教室にはメイさんとしずりだけがとりのこされました。

メイさんがしずりの手をひっぱります。

「うちらも、外に出よ」

ふたりは校庭《こうてい》をさけて、校舎《こうしゃ》のうらへ行くことにしました。

桜《さくら》はもうほんのわずかしか花をつけていません。かわりに、やわらかい若《わか》葉《ば》が木をおおっていました。

桜の花を見ると、しずりはいやでもあの日の染《そ》めものを思いだします。いつか、きれいな桃色《ももいろ》に染める方法《ほうほう》を、お母さんにきいてみようと思います。

お母さんは最近《さいきん》、ひまさえあれば染めものをしているようです。軒下《のきした》のさおに干《ほ》した絹糸《きぬいと》の束《たば》は、日ごとに色をかえながらふえていました。お父さんの会社は外国とも取引《とりひき》があって、会社の絹糸がどのように染まるか知りたいといわれたそうです。趣味《しゅみ》でときどき染めものをしていたお母さんに、お父さんが「会社の糸を使《つか》って染めてほしい」とたのんだのです。

しずりが学校から帰ると、「今日は茜《あかね》で染《そ》めてみたの」とか「これは栗《くり》のいがで染めたのよ」とかいいながら、お母さんはうれしそうに染めた糸を見せてくれました。

「しーちゃん、入ってみる?」

メイさんが校舎《こうしゃ》のうしろを指《ゆび》さしました。山です。山と校舎の境《さかい》には低《ひく》い木の柵《さく》があって、「入ってはいけません!」と書かれた立《た》て札《ふだ》もありました。

「いいの?」

わざわざいけませんと書いてあるのです。しずりがこまっていると、メイさんがききました。

「熊《くま》は出る？」

「熊が出るのは、もっと奥《おく》の山」

「虎《とら》は？」

「きいたことない」

「ほんなら、だいじょうぶやわ。行こ」

メイさんはひょいと柵《さく》をとびこえて、さっさと山の中へ入ってしまいました。

しずりはまよいましたが、メイさんをほうっておくわけにはいきません。山に入ったことはないけれど、しずりの生まれそだった村なのです。よそから来たメイさんの世話《せわ》は必要《ひつよう》でしょう。

山には大きな木がたくさんありました。スギやヒノキばかりの山ではなくて、いろいろな木が生いしげる雑木林《ぞうきばやし》でした。クヌギやナラは、のびのびとのばした枝《えだ》に茶色がかった黄緑色《きみどりいろ》の若葉《わかば》をしげらせていて、きれいったらありません。

山を登《のぼ》っていくメイさんのわらぞうりは、下につもった落《お》ち葉《ば》にうもれて見えないほどです。メイさんが落ち葉をふみしだくたびに、かさっかさっとかわいた音を立てていました。

メイさんは急《きゅう》な斜面《しゃめん》をぐいぐいと登っていきます。はりだした枝《えだ》に帽子《ぼうし》がひっかかるからか、かた手で帽子のてっぺんをおさえています。いったいどこまで行くつもりなのでしょう。

しずりはだんだん不安《ふあん》になってきました。

「メイちゃーん。もう行かないでー」

しずりの気持《きも》ちが伝《つた》わったみたいに、メイさんの足が止まりました。

しずりは足もとを見つめながら一生懸命《いっしょうけんめい》に歩きつづけて、やっとメイさんのそばまで行きました。顔をあげたしずりの口から、ため息《いき》がもれました。

「わあーっ」

雑木林《ぞうきばやし》はふたりの目の前で終《お》わっていて、切りたった崖《がけ》のすぐむこうに、家々《いえいえ》の屋根《やね》がつづいています。ふしぎな国にまよいこんだみたいでした。ほ

うけたようにながめていたしずりですが、少しすると、知っているものがいくつかあると気づきました。火の見やぐらがあって、その近くにあるのは平《ひら》賀《が》さんちの麦畑《むぎばたけ》です。その先にあるのは稲穂寺《いなほでら》で、お墓《はか》もありました。

学校のうらにある村を、上から見ていただけだと気づくのに、少し時間がかかりました。

「知っているところだった。見る場所《ばしょ》がちがうと、こんなにちがうんだね」

しずりの横《よこ》で、メイさんが「いいながめや」とよろこんでいます。くもり空のせいか、村にうっすらともやがかかっているのも、いい感《かん》じです。

近くでウグイスがさえずり、目を閉《と》じると、芽《め》ぶいたばかりの若葉《わかば》からいい香《かお》りがしてきそうでした。

メイさんが両手《りょうて》をあげて「うーん、いい気持《きも》ち」とのびをしたときです。からーん、からーんと、遠くで鐘《かね》の音がしました。用務員《ようむいん》のおじさんが鳴らしているのです。

ふたりとも、学校のことなんて、すっかりわすれていました。

「遅刻《ちこく》しちゃう」

とあせるしずりに、メイさんは落《お》ちつきはらっていいます。

「いっぺん教室に入っているんやから、遅刻にはならへんやろ」

「なんでもいいから、はやく行こ」

山をくだりだしたしずりのあとから、メイさんも動《うご》きだしました。

しずりは今までに遅刻したことがありません。学校でだめといわれたことをしたこともありません。それなのに、今日はふたつも約束《やくそく》ごとをやぶってしまいました。

はやくはやくと心の中でいいながら、ひっしで足を運《はこ》んでいても、思うように前に進めません。

「しーちゃん、あわてて転《ころ》んだらあかんよ」

メイさんの心配《しんぱい》はわかりますが、しずりは転んでもいいから、はやく教室に着《つ》きたいと思っていました。行く手をじゃまする木《き》の枝《えだ》は、いくらさけてもつぎからつぎからあらわれてきます。目の前につきでた枯《か》れ枝《えだ》を手ではらっていると、横《よこ》から、にゅーとだれかが顔を出しました。

びっくりしてしりもちをつきそうになったしずりの前に、山高帽子《やまたかぼうし》をかぶったおじさんがいます。山の中だというのに、おじさんは格子縞《こうしじま》の上着《うわぎ》を着《き》ていて、革靴《かわぐつ》まではいていました。服《ふく》も帽子も、よく見るとうすよごれている上に、虫食いの小さな穴《あな》がいっぱいあります。でも、ちょっと見ただけでは、映画《えいが》に出てくるような紳士《しんし》です。

「おじさん」

お母さんの弟、光男《みつお》おじさんでした。

「しずり、どうしてこんなところにいるんだ？」

「おじさんこそ」

おじさんが得意気《とくいげ》な顔をして、「じつはなぁ……」と話しだします。

「あっ、いいの、おじさんはすきなことしていて。あたし、学校へ行かなくちゃいけないのよ」

「そうだろうなぁ、わたしもそう思う。ところで、きみはだれ?」

おじさんの目はおもしろいことを見つけた子どもみたいにきらきらしています。おじさんはメイさんに会ったことがありません。

しずりの中で危険信号《きけんしんごう》がぴかっと光りました。

「転校生《てんこうせい》のメイさん。じゃあね」

歩きだしたしずりのそでをおじさんがひきました。

「冷《つめ》たいなぁ。ちゃんと紹介《しょうかい》してくれよ。わたしは、しずりのおじさんです」

おじさんは帽子《ぼうし》をとって、メイさんに軽《かる》く頭をさげました。

メイさんは紳士《しんし》からあいさつされて、浮《う》き足《あし》だっているようでした。

しずりは少しでもはやく学校へ行きたいのに、メイさんは自己《じこ》紹介をはじめてしまいました。

メイさんが大阪《おおさか》や京都《きょうと》に住《す》んでいたとわかると、おじさんはまってましたとばかりに目をかがやかせました。

「メイちゃん、わたしも大阪《おおさか》にいたことがありますよ」

「ほんまですか？　どこにいやはったんですか？」

「船場《せんば》でね、商売《しょうばい》をしていたんですよ」

「ひゃあ、すごい。船場やなんて」

船場は昔《むかし》から大きな店が軒《のき》をつらねていて、大阪の文化《ぶんか》や経済《けいざい》の中心だといわれているると、おじさんが説明《せつめい》しました。

しずりは立ちどまっているあいだも、はやくはやくと気がせきます。ところが、メイさんもおじさんみたいな目をしていて、動《うご》きそうにありません。

「船場で、どないなお商売をしてはったんですか？」

おじさんは腕《うで》を組んで空を見上げると、「いろいろやったなぁ……なにから話そうか」と、本気で考えこんでいるみたいです。

しずりはメイさんの手を思いっきりひっぱりました。

「おくれるよ。行こ」

「そやね。でも、おじさんが……」

おじさんはふたりにむかって大きくうなずきました。

「わたしもいそがしい。あとでまた会いましょう。これから山のランを採《さい》集《しゅう》するのです。イギリスから来る友だちが、世界中《せかいじゅう》のランを集《あつ》めているので、協力《きょうりょく》するのですよ」

メイさんはまた、おじさんにひきよせられてしまいました。

「イギリスって、外国のイギリス？」

「そうですよ。ヨーロッパの、あのイギリスです」

「ええーっ、うち、イギリス人に会ってみたい」

「午後から家にいます。どうぞ来てください」

しずりはいらいらしながらおじさんをにらみつけていましたが、おじさんはなんともないみたいです。メイさんに目をやると、

「その麦《むぎ》わら帽子《ぼうし》、いいねえ。きみらしくて、とてもいい」

メイさんは全身《ぜんしん》でうれしさを表現《ひょうげん》しながら、おじさんにぺこんとおじぎしました。

「ほんなら、また」

メイさんがやっとおじさんに背中《せなか》をむけました。

ふたりが教室に入ったときには、一時間目の国語の授業《じゅぎょう》がはじまっていました。

放課後《ほうかご》、職員室《しょくいんしつ》に呼《よ》ばれたふたりは、しかられることを覚悟《かくご》していたのですが、「学校の決《き》まりはちゃんと守《まも》るのですよ」と、軽《かる》く注意《ちゅうい》されただけでした。しずりは家に連絡《れんらく》されたらこまると思っていたのですが、先生は「つぎにまた同じことをしたら、お家の人に来てもらいますからね」といいます。

職員室を出てすぐ、メイさんがしずりにこそっといいました。

「うちな、前の学校でも規則《きそく》やぶったことあるねん。そいでな、学校から、もう来るなっていわれた。学校に来られなくなったらどないしよ思とったのに、助《たす》かった。しーちゃんのおかげやわ。おおきに」

しずりもほっとしていましたが、メイさんにお礼《れい》をいわれても、すなおによろこべません。

「よかったけど、おおきになんて、いわないで」

「しーちゃんはこだわりすぎや。りっぱな親がおるんは、ありがたいことやねんで」

「親は関係《かんけい》ない。先生のきげんがよかっただけよ」

「そんなら、そういうことにしとこか」

いつまでもしずりの気持《きも》ちは複雑《ふくざつ》で、ぐずぐずと考えこんでしまいました。学校が終《お》わると、メイさんはおじさんの家に行こうとさそってきました。

「あのおじさん、すごくおもしろい。うち、イギリス人にも会いたいし、な、つれてってえな」

しずりはこまっています。メイさんをあきらめさせる方法《ほうほう》をさがしますが、なにも思いつきませんでした。ほんとうのことをいったらいいのに、それができないのです。

「行っても、がっかりするかもしれないよ」

「かまへんよ。つれてってえな」

メイさんはいいだしたらあとにひかないところがあります。しずりはメイさんに気《け》おされて、おじさんの家に案内《あんない》する約束《やくそく》をしてしまいました。

学校はまだ半日授業《じゅぎょう》がつづいています。

ふたりは昼《ひる》ご飯《はん》のあとに校門の前でまちあわせることにしました。

先に来ていたメイさんは、しずりに会うなり自分の足もとを指《ゆび》さしました。

「うちのよそ行き、いっちょらいや」

メイさんの足には白い運動靴《うんどうぐつ》がありました。

しずりはいつもの運動靴をはいてきました。おじさんの家にふさわしいはきものだと思っています。

「あのおじさんの家に行くねんで。きんちょうするわあ」

メイさんの思いこみを、しずりはそのままにしておくことにしました。どうせ、すぐにばれるからです。

おじさんの家は、学校のうらからつづく細い道路《どうろ》をしばらく行ったところにあります。朝、山の上から見た火の見やぐらの近くでした。

「ここ」

茶色くなった枯《か》れ草《くさ》と緑色《みどりいろ》の雑草《ざっそう》がまじりあった広い庭《にわ》には、石灯籠《いしどうろう》やのびほうだいになったマツやモミジなどの木が見えます。雑木林《ぞうきばやし》みたいな庭のむこうに、かやぶき屋根《やね》の大きな家がありました。

しずりが小さいとき、ここは手入れの行きとどいた美《うつく》しい庭園《ていえん》でした。入り口には木の門がありましたが、今はあとかたもなく、道路《どうろ》から家が丸見えになっています。

「おじさんらしい、おもしろい家やわ」

メイさんは興味《きょうみ》しんしんです。

人の足でふみかためられたあとを進《すす》んで、玄関《げんかん》にたどりついたものの、しずりには中に入る勇気《ゆうき》がありません。

おじさんの家は、お母さんが女学生だったころにはまだ両親《りょうしん》が生きていて、村一番の地主《じぬし》だったそうです。両親が亡《な》くなって、東京《とうきょう》の学校へ行っていたおじさんが村に帰ってきたのですが、おじさんの遊《あそ》びぐせはなおらず、ぶらぶらと遊んで暮《く》らしているうちに、所有《しょゆう》していた土地はすっかり他人《たにん》のものになってしまったと、お母さんがなげいていました。

玄関《げんかん》の前でもじもじしているしずりにかわって、メイさんが戸を開《あ》けました。

「おじさーん。来ましたよー」

広々《ひろびろ》とした土間の先は板間《いたま》になっていて、ついたてがあります。

あら？　としずりは思いました。土間にごみもないし、ぬぎっぱなしのきたない靴《くつ》もありません。よく見ると、板間はぞうきんがけしたのか、黒光りしています。

メイさんがもう一度《いちど》声をはりあげました。

「おじさーん」

返事《へんじ》がありません。

しずりは、おじさんがうら庭《にわ》にある東屋《あずまや》で本を読んでいることが多いの

を思いだしました。

しずりがうら庭《にわ》に案内《あんない》すると、メイさんはまた歓声《かんせい》をあげました。

「ひゃー、映画《えいが》を見ているみたいや」

うら庭は表《おもて》の庭の何倍《なんばい》も広く、庭を横切《よこぎ》るように小川が流《なが》れていて、はしっこにくずれかけた東屋《あずまや》がありました。今はもう、草ぼうぼうの庭になっていましたが、かやぶきの屋根《やね》がついたこの東屋で、おやつを食べるのがすきでした。

おじさんはやはり、東屋で木のいすにすわって本を読んでいました。

ふたりに気づいたおじさんが、「いらっしゃーい」といいながら手まねきします。ふたりは小川をとびこえて東屋へ行きました。

おじさんはフランネルのシャツにベストを着ていて、登山《とざん》する人みたいにニッカポッカをはいていました。

メイさんがまっ先にきいたのは、「イギリス人はどこ?」でした。

「大阪《おおさか》の人はせっかちですねえ。長旅《ながたび》だから、そうそう予定《よてい》どおりにはいかない。彼《かれ》からとどいたイギリスの紅茶《こうちゃ》はどうですか?」

ふたりがうなずくのと同時に、おじさんが声をはりあげました。

「お茶をくださーい」

黒く変色《へんしょく》した銀《ぎん》のお盆《ぼん》に湯気《ゆげ》のあがる紅茶をのせて運《はこ》んできたのは、なんと春人《はると》くんでした。

春人くんはあちこちの家で見かけますが、おじさんの家にいたことはありませんでした。今の春人くんは、おとなと同じ仕事《しごと》ができるので、食事《しょくじ》と寝《ね》る場所《ばしょ》だけではなくて、わずかだそうですが、お金も支払《しはら》われるのです。おじさんには春人くんに来てもらうほどのよゆうはないはずです。

春人くんはしずりに、

「ごめん。玄関《げんかん》で声がしたようだったんだけど、気のせいかなと思ったんだ」

とあやまったあと、ちょっとすまして、

「お茶です。しずりちゃんもメイちゃんも、どうぞ」

と、すすめてくれました。

「どういうこと？」

たずねるしずりにおじさんが得意《とくい》そうにこたえました。

「ここを、春人《はると》くんの別荘《べっそう》にしたんだ」

家のない春人くんが、この家を別荘として、自由《じゆう》に使《つか》える約束《やくそく》をしたというのです。約束ごとはただひとつで、春人くんがこの家にいるときは、気持《きも》ちよくすごせるように努力《どりょく》することだそうです。

「部屋代《へやだい》は、いらんの？　食費《しょくひ》は？」

たずねるメイさんに、おじさんは首を横《よこ》にふって「いらんいらん。なーんも、いらん」と笑《わら》います。

「わたしにとっても、春人くんにとっても、最高《さいこう》の選択《せんたく》。満足《まんぞく》満足」

と、おじさんがうなずけば、春人くんも「ありがたいです」と、うれしそうです。

メイさんは「わけがわからん」と首をかしげますが、しずりにはちょっとだけわかる気がします。

春人《はると》くんは正直で働《はたら》き者《もの》だといわれています。しずりの家に手伝《てつだ》いに来るとき、お母さんがよろこぶのはとうぜんとしても、あの気むずかしいといわれるおじいさんまで、なんの注文《ちゅうもん》もつけません。

玄関《げんかん》がいつになくきれいだったのは、春人くんの仕事《しごと》だったのです。春人くんはきれいずきだから、気持《きも》ちよくすごすためには、掃除《そうじ》もやるはずです。

おじさんにとってはいいことずくめです。

おじさんはなまけ者《もの》ですが、頭はよく働く人なのです。ただ、その頭の使《つか》い方《かた》にいろいろ問題《もんだい》があるのですが。

メイさんがふいっと顔をあげて、春人くんに頭をさげました。

「春人くん、ごめん。うちのいうこと、おこってもかまへんから」と前置《まえお》きして、おじさんにたずねました。

「春人くんは乾燥場《かんそうば》にいた人やん。かまへんの？　おじさんも村の人に、なんちゅうか、変人《へんじん》あつかいされるとか、村八分《むらはちぶ》にされるとかして、こまるんやないの？」

メイさんの質問《しつもん》は直球《ちょっきゅう》です。

うつむいた春人《はると》くんがぼそっとつぶやきました。

「そのとおりです」

しずりはメイさんが質問するまで、おじさんにとっては都合《つごう》のよいことだとしか考えませんでした。

おじさんはにやりと顔をくずしたあと、ごうかいな笑《わら》い声《ごえ》をあげました。

「メイちゃん、心配《しんぱい》してくれて、ありがとう。でも、だいじょうぶ。これはいいことなのです。わたしの人生で、いちばんいい思いつきです。お茶にしましょう」

メイさんはまだなっとくがいかない顔をしていますが、お茶に手をのばしました。

「お茶もカップもイギリスのものですよ」

「すっごーい。うち、紅茶《こうちゃ》なんて飲《の》んだことないし。カップも、そのイギリス人がくれはったんですか？」

「まあね」

しずりは春人《はると》くんと目があったとたん、ふきだしそうになりました。茶渋《ちゃしぶ》でよごれた白いカップは、お母さんが子どものころからあったときいていたからです。

「メイちゃんが行きたい外国はどこですか？」

「アメリカでキャデラックに乗《の》ってみたいし、フランスのエッフェル塔《とう》に登《のぼ》ってみたいし、スイスのアルプスも見てみたい」

メイさんがもの知りだということは知っていましたが、こんなにくわしいのかと、しずりはおどろいてしまいました。

「わたしはメイちゃんが行きたいところには、みんな行きましたよ。写真《しゃしん》があるので、見ますか？」

「うれしいわあ」

飲《の》みかけの紅茶《こうちゃ》を飲んでしまうと、春人《はると》くんが先頭に立って、勝手口《かってぐち》にむかいました。

うら庭《にわ》に面《めん》した勝手口から家の中に入ったメイさんの足が止まりました。

「こんなん、はじめて見たわ」

広い土間には黒い大きなかまどがあって、すぐ近くを川がさらさらと流《なが》れています。

外の小川を台所《だいどころ》にひきこんでいて、野菜《やさい》や食器《しょっき》の洗《あら》い場《ば》にしているのです。台所に入った川は洗い場で方向転換《ほうこうてんかん》をして、ふたたび外の小川に合流《ごうりゅう》しています。

川の出入り口は壁《かべ》が切りとられていて、水といっしょに外の空気を運《はこ》んできます。夏はすずしくていいけれど、冬は冷《つめ》たい風がふきこんでくることもあって、家でいちばん寒《さむ》い場所《ばしょ》になります。

メイさんのおどろきとはべつに、しずりも家の中のかわりように目を見張《みは》ってしまいました。どこもかしこも、見ちがえるようにきれいになっています。春人《はると》くんのおかげだと、すぐにわかりました。

「メイちゃん、どうぞあがって」

おじさんとメイさんが家の奥《おく》へ行くのを見送《みおく》ると、しずりは春人くんに「ありがとう」と、お礼《れい》をいいました。

「お礼をいいたいのはぼくだから。おじさんはすごい人だね」

春人くんはおじさんのどういうところをすごいと思ったのかわかりませんが、おじさんを尊敬《そんけい》しているみたいな口ぶりで、しずりはちょっとうれしくなりました。

おじさんの名前は光男《みつお》です。でも、村の人は「せんみつさん」と呼《よ》んでいます。おじさんの話はうそばかりで、ほんとうのことは、千のうち三つしかないという意味《いみ》です。ほら話だけならまだいいのですが、仕事《しごと》をしない遊《あそ》び人《にん》で、家の財産《ざいさん》を一代《いちだい》で失《うしな》ってしまうような、どうしようもない人間だということになっています。

「しずりちゃん、おじいさんは元気ですか？」

春人《はると》くんは、長いことおじいさんを見かけていないそうです。

「元気よ」

「よかった。ぼく、小さいとき、おじいさんにはよくしてもらったんだ。食べものをもらったり、小づかいをもらったこともある」

しずりの知らない話でした。

「おじいさんと光男《みつお》おじさんは、よく似《に》ているね。ふたりとも、だいすきだよ」

しずりの頭の中はごちゃごちゃです。きちょうめんなおじいさんと、だらしのないおじさんが似ているだなんて、わけがわかりませんでした。

奥《おく》からメイさんの歓声《かんせい》がきこえてきます。

「キャデラックって、どんくらい大きいんですか？」

「ひゃー、ほんまに？」

おじさんの声はぼそぼそとしかきこえませんが、メイさんはかなり興奮《こうふん》しているのか、キャッキャと、たえまなくおどろきの声をあげていました。

「楽しそうだなぁ」

春人《はると》くんの笑顔《えがお》を、しずりはいいなと感《かん》じています。こんなに安心《あんしん》しきった春人くんを見るのはひさしぶりでした。

よそ者《もの》

旅《たび》のお方《かた》のほかにも、よそから村にやってくる人がいます。春と秋に来るのは富山《とやま》の薬屋《くすりや》さんで、月に一度《ど》ぐらいやってくるのは便利屋《べんりや》さんです。薬屋さんも便利屋さんも、村の人ならみんな知っています。

子どものだれかが、どこかで紙風船《かみふうせん》をふくらませていたら、薬屋さんが来はじめたとわかって、自分の家に来る日を心待《こころま》ちにします。紙風船は、つややかな紙でできていて、しかも、赤、黄色、緑《みどり》、青などのあざやかな色が使《つか》われていますから、折《お》りたたんでもふくらませても、うっとりするぐらいにきれいなのです。

薬屋《くすりや》さんは、家々《いえいえ》を訪問《ほうもん》しながら置き薬《おきぐすり》の注文《ちゅうもん》をとったあと、小さい女の子の数だけ紙風船《かみふうせん》をおいていってくれます。女の子が小さいか大きいかは、薬屋さんがきめるのですが、三年生ぐらいまでだと、しずりは感《かん》じていました。

いつだったか、薬屋さんと話しているお母さんの横《よこ》にはりついて、紙風船をくれるのをまっていたしずりの手に、二枚《まい》の紙風船がわたされたことがありました。

お母さんはすばやく一枚の紙風船を薬屋さんにもどしました。

「うちは、ひとりですよ」

薬屋さんはにこにこ笑《わら》いながら、お母さんがもどした一枚の紙風船を、しずりの手ににぎらせました。

「おじょうちゃん、ほかの子にはないしょだよ」

一枚の紙風船はまたお母さんにとりあげられ、「しずりは外で遊《あそ》んでいらっしゃい」と追《お》いはらわれてしまいました。

しずりの友だちの中で、ひとりっ子は、しずりと精米屋《せいまいや》の和子《かずこ》ちゃんだけでした。薬屋《くすりや》さんに紙風船《かみふうせん》をもらうと、和子ちゃんはきまって、「お姉ちゃん、遊《あそ》ぼう」と、しずりの家にかけこんできました。

今年も、あちこちで子どもたちが紙風船で遊びだしました。今年、しずりは四年生ですから、もう紙風船はもらえないでしょう。二年生の和子ちゃんはもらった紙風船をもって、今年もしずりのところに来ると思います。和子ちゃんだけが、今もしずりになついてくれていました。

放課後《ほうかご》はメイさんと遊んでいたしずりでしたが、今日は、メイさんがお父さんと村を散歩《さんぽ》するというので、家でぶらぶらしていました。本を広げても文字が頭に入ってこないし、算数の宿題《しゅくだい》をやろうとしても、集中《しゅうちゅう》できません。メイさんは今ごろ、どこを歩いているだろうと、そんなことばかり考えてしまいます。

村の子どもたちは、家の手伝《てつだ》いをするか、そうでなかったら、外で友だちと遊んでいます。

「こんにちは」

薬屋《くすりや》さんより前にやってきたのは便利屋《べんりや》さんです。

縁側《えんがわ》に腰《こし》をおろした便利屋さんに、お母さんがお茶を出しています。

「お願《ねが》いしたものは、ありましたか？」

「はい、甲府《こうふ》の紺屋《こんや》で見つけましたが時期《じき》がおそいので、ひとつしか手に入りませんでした」

お母さんはわらに包《つつ》まれたかたまりを受《う》けとると、自分の鼻《はな》を近づけて、うれしそうにしています。

「なに？」ときくしずりに、「藍玉《あいだま》。藍の染料《せんりょう》よ」とこたえます。

便利屋さんが帰ったあと、お母さんは押《お》し入《い》れの中から絹糸《きぬいと》の束《たば》を出して、明日から染《そ》められると目をかがやかせました。

「お母さんは染《そ》めものがすきなのね」

「そうなの。糸がきれいに染まったら、今度《こんど》は布《ぬの》を織《お》ってみたいと思っているの。時間があったらの話だけれど」

機織《はたお》りの機械《きかい》は倉《くら》にあります。養蚕《ようさん》がさかんなこの村では、昔《むかし》は、出荷《しゅっか》できないまゆから糸をとって、女たちは家族《かぞく》のために反物《たんもの》を織っていたそうです。

「世《よ》の中《なか》には、染織《せんしょく》というお仕事《しごと》もあるの」

「お母さんは染織家になりたいの？」

「むりですよ。主婦《しゅふ》なんですから。あなたには自分のすきなことをお仕事にしてほしいわ」

お母さんがそろそろ夕飯《ゆうはん》の準備《じゅんび》をはじめようとしていたとき、和子《かずこ》ちゃんのお母さんが来ました。

「しずりちゃん、和子と遊《あそ》んでくれてありがとう。おそくまで、ごめんね」

「和子ちゃん？」

「紙風船《かみふうせん》をもらったあと、しずりちゃんの家へ行くって……」

「来てないけど」

和子《かずこ》ちゃんは二時ごろに薬屋《くすりや》さんから紙風船をもらって、すぐにしずりの家へむかったというのです。

「あの子、どこで遊《あそ》んでいるのかしら。おじゃましました」

しずりとちがって、和子ちゃんには遊ぶ友だちがいっぱいいます。来るとちゅうで、だれかに会って、そのまま遊んでいたかもしれません。

食卓《しょくたく》に夕食の準備《じゅんび》がととのったときでした。

また和子ちゃんのお母さんが来ました。

「和子がいないの。どこにもいないの。子どもたちも、だれも知らないって。ねえ、しずりちゃん、和子が行きそうなところ、知らない？」

おばさんは青白い顔をしていて、目をひきつらせています。

「ねえ、よく考えてみて、遊んだところを思いだして。お願《ねが》い」

しずりを見つめるおばさんの目がけわしくて、しずりは思わずお母さんのうしろにかくれてしまいました。

玄関《げんかん》でのやりとりはおじいさんやおばあさんの耳にもとどいて、ふたりとも玄関に出てきました。

おじいさんがおばさんに、駐在《ちゅうざい》さんに連絡《れんらく》を入れたかどうかをききます。

おばさんが首を横《よこ》にふります。

「大げさなことになっても……」

「なにをいっているのですか。わたしが行ってきます。しずりさんは友だちの家をさがしてきなさい。みんなでさがすのです」

おじいさんが出かけるとすぐに、おばあさんもお母さんも外に出て、和子《かずこ》ちゃんをさがしはじめました。

しずりは友だちの家を一軒《けん》一軒《けん》たずねていきましたけれど、だれも和子ちゃんのことは知らないといいます。

あたりはもうまっ暗《くら》です。

火の見やぐらの鐘《かね》が鳴りだしました。火事《かじ》を知らせるときと同じように、カンカンと鳴りつづけます。

有線放送《ゆうせんほうそう》から、緊急《きんきゅう》を伝《つた》える合図の音が鳴りひびき、「和子《かずこ》ちゃんが行方《ゆくえ》不明《ふめい》です。午後二時以降《いこう》に和子ちゃんを見かけた人は農協《のうきょう》まで知らせてください」とくりかえしていました。

しずりの膝《ひざ》ががくがくしています。急にこわくなってきました。

人さらい、神《かみ》かくし、誘拐《ゆうかい》などの言葉《ことば》がつぎつぎにうかんできます。

「和子ちゃーん」

声をあげたとたん、道ばたにしゃがみこんでしまいました。笑顔《えがお》の和子ちゃんばかりが思いだされます。友だちがしずりからはなれていったあとも、和子ちゃんだけは「お姉ちゃん」としたってくれました。ただ、二年生の和子ちゃんと遊《あそ》んでもおもしろくなかったので、しずりの気持《きも》ちは、和子ちゃんからはなれていました。

しずりは膝《ひざ》を抱《だ》いて、ふるえていました。

「しずりさん、どうしました」

うしろから懐中電灯《かいちゅうでんとう》の明かりが照《て》らしていて、だれかと思ったら、駐在《ちゅうざい》さんから帰ってきたおじいさんでした。

「あたし、和子《かずこ》ちゃんにやさしくしなかったの。だから、紙風船《かみふうせん》をもらっても、うちに来たくなかったかもしれない。あたしのせいだわ。おじいさん、あたし、こわい」

おじいさんはしずりの手をとってゆっくり立ちあがらせると、「さがしに行きましょう」と、ささやきました。

「どこへ行きますか？」

おじいさんにきかれて、紙風船をもらった和子ちゃんのことを考えました。たいていはしずりの家で遊《あそ》んだのですが、たまに学校の庭《にわ》へ行ったこともあったと思いだしました。

学校へ行ってみると、校舎《こうしゃ》には明かりがともっていて、庭にも懐中電灯の

明かりがいくつもちらちらしていました。

おとなたちの話し声がきこえてきました。

「よそ者《もの》のしわざだろう」

「精米屋《せいまいや》には、そこそこ金がある」

「よそ者といえば、薬売《くすりう》りと便利屋《べんりや》、それに乾燥場《かんそうば》だ」

「薬屋も便利屋も、昔《むかし》からのなじみだ。あいつらは悪《わる》さはしねえ」

「やっぱり、乾燥場か」

しずりはおじいさんにしがみつきました。メイさん親子がうたがわれているのです。

「調《しら》べに行ったやつがいってた。もう、もぬけのからだってな」

「こんなところをさがしたって……」

おじいさんはふるえるしずりを抱《だ》きかかえて、校庭《こうてい》から外に出ました。

「あのね、メイちゃんは今日、お父さんと村を散歩《さんぽ》するっていってた。だから、家にいないのよ」

いいながら、散歩《さんぽ》は夜まですするだろうかと思い、しずりはあわてて自分の頭をたたきました。横《よこ》にいるおじいさんは、ときどき長い散歩をして、夜中に帰ってくることもあるからです。

「乾燥場《かんそうば》へ行ってみますか？」

おじいさんにきかれたけれど、しずりはすぐに「行かない」とこたえました。

和子《かずこ》ちゃんとメイさんは友だちではありません。しずりがメイさんをたずねる理由《りゆう》がありませんでした。

家に着《つ》くと、お父さんが帰っていて、おばあさんたちと夕食の膳《ぜん》をかこんでいました。

お父さんは、和子ちゃんのお父さんが来るまでのあいだに食事《しょくじ》をすませるといいます。おじさんといっしょに、車で少し遠くをさがすのだそうです。

村で自家用車をもっている人は数人しかいません。お父さんの帰りをみんなでまっていたのです。

急《いそ》いで食事《しょくじ》をすませたお父さんは、ガレージから車を出して、いつでも出発《しゅっぱつ》できるようにしていましたが、おじさんはなかなか来ませんでした。

「精米屋《せいまいや》へ行こうか？」

と、お父さんはいいますが、和子《かずこ》ちゃんの家までは細いうら道《みち》がいくつもあるので、車で行ったら行きちがいになるかもしれません。

おじいさんが「ここでまったほうがいい」というのと同時に、有線放送《ゆうせんほうそう》が緊急《きんきゅう》の合図音を鳴らしました。

「和子ちゃんが家に帰ってきました。みなさんのご協力《きょうりょく》を感謝《かんしゃ》します」

放送の最中《さいちゅう》に和子ちゃんのお父さんが来て、「おさわがせしました」というと、すぐに帰っていきました。

しずりの手をおじいさんがにぎりしめました。

「よかったよかった。もう心配《しんぱい》はいりませんよ」

おじいさんのいうとおりなのですが、しずりは和子ちゃんが気になって仕《し》方《かた》ありませんでした。今、どんな顔をしているのか、いつものようににこにこしているのか、自分の目でたしかめたいのです。和子《かずこ》ちゃんが元気でいてくれなくては、しずりの気持《きも》ちが落《お》ちつきません。

「お母さん、和子ちゃんの家につれていって。あたし、和子ちゃんに会いたい」

家族《かぞく》のみんなから、だめだといわれました。

「しずりさんの気持ちはあとにしましょう」

おじいさんの言葉《ことば》に、みんながうなずきました。

つぎの日の朝、早起《はやお》きしたしずりは、顔も洗《あら》わないで和子ちゃんの家にかけていきました。

「和子ちゃーん」

玄関先《げんかんさき》で声をあげると、すぐに中から和子ちゃんがとびだしてきました。

和子ちゃんは、紙風船《かみふうせん》をもってしずりの家に来るとちゅう、道ばたで子犬を見つけたそうです。あまりにもかわいくて子犬を抱《だ》いたりして遊《あそ》んでいたのですが、子犬を下におろすと、子犬はどんどん道を進《すす》んでいったといいます。
「子犬のあとをついていったら、神社《じんじゃ》の奥《おく》の炭焼《すみや》き小屋《ごや》まで行ったのよ。それでね、小屋の中でまた抱《だ》いたりなでたりしているうちに、子犬がねむってしまったの」
子犬が起《お》きるまでここにいてやろうと思ったのに、いつのまにか和子《かずこ》ちゃんも小屋の中でねむってしまったそうです。目がさめると、外は暗《くら》くなっているし、子犬はどこかへ行ってしまっているしで、急《きゅう》にこわくなって泣《な》いていると
ころに、メイさんとお父さんが通

りかかったとか。

「家までつれてきてくれたの。あの子犬、どこへ行ったんだろ？」

和子《かずこ》ちゃんがにこっと笑《わら》うのを見てから、しずりは家にもどりました。

学校へ行く用意《ようい》をしていると、おじいさんがしずりの部屋《へや》に来ました。

「メイさんに、お寿司《すし》でもつくってとどけましょうか？」

「えっ？　和子ちゃんじゃなくて、メイちゃんに？」

「メイさんたちのお手がらですからね」

「そういわれれば、そうだけど……」

「夕飯《ゆうはん》はまかせてくださいって、メイさんに伝《つた》えてください」

おじいさんの料理《りょうり》なら、きっとよろこんでくれるはずです。

部屋を出ていこうとしたおじいさんに、しずりはずっとききたかったことを口にしました。

「おじいさんは、どこで料理を習《なら》ったの？」

「わかいころ、料理屋さんで働《はたら》いていたのですよ」

「どうしてやめちゃったの？」

「なんだかめんどうになって、全部《ぜんぶ》いやになってしまったのですよ。しずりさんには、そういうことはありませんか？」

友だちがよそよそしくなって、しずりからはなれていったあと、はじめのうちは原因《げんいん》を考えたりさびしかったりしたけれど、そのあとは、もうどうでもよくなった経験《けいけん》があります。友だちのことを考えるのがめんどうになったのです。

「あたしにも、そういうこと、ある。友だちなんかいらない。ひとりでもいいやって……」

おじいさんがしずりの目をのぞきこんでいます。

「そうですか。でも、ひとりでいることになれてしまうのは感心《かんしん》しませんよ」

「だいじょうぶ。メイちゃんがいるから」

「よかったですね」

おじいさんはしずかに部屋《へや》を出ていきました。

メイさんはいつものように校門の前でまっていてくれました。

おじいさんからの伝言《でんごん》を伝《つた》えると、メイさんはぼそっとつぶやきました。

「おおきに。ほんに、うれしい」

ふたりの横《よこ》を通りすぎていく子どもたちが、ひそひそと話しているのがきこえました。

「乾燥場《かんそうば》は誘拐《ゆうかい》に失敗《しっぱい》したらしい」

「大さわぎになったからだろう」

「だから、よそ者《もの》を村においたらだめなんだ」

しずりは凍《こお》りついてしまいました。

メイさんになんといったらいいのでしょう。うろたえるしずりの肩《かた》を、メイさんがぽんぽんとたたきました。

「しーちゃん。あんたが気にすることあらへん。うちは平気《へいき》や。おじいさんのお寿司《すし》が食べられるんやろ。はよ帰って、お父ちゃんに知らせたいわ」

メイさんは背筋《せすじ》をのばしてきりっとしていました。
一週間もすると、いやなうわさ話も消《き》えていきました。

しずり

四月の最後《さいご》の週に入ると、学校では農繁期《のうはんき》の半日授業《じゅぎょう》が終《お》わって、ふつうの時間割《じかんわり》になりました。

朝《あさ》ご飯《はん》を食べて学校へ行こうとしているところに、お父さんが起《お》きてきました。いつもなら、もうとっくに会社へ行っているのですが、きのうの夜おそくに、東京《とうきょう》のお仕事《しごと》から帰ってきたのです。

「しずり、玄関《げんかん》におみやげがあるよ」

玄関におくおみやげなんて、いったいなんなのでしょう。東京へ行くたびにおみやげを買ってきてくれますが、たいていはケーキとかクッキーなどの食べものです。花模様《はなもよう》のスカートだったこともありました。

玄関《げんかん》には、黒い革靴《かわぐつ》がありました。お父さんの靴みたいに、ぴかぴかです。

「ありがとう」

しずりは革靴をそうっと下駄箱《げたばこ》にしまいました。

ちょっと前のしずりなら、うれしがってすぐにはいたことでしょう。革靴の横《よこ》に、メイさんがはいているわらぞうりが見えました。メイさんなら、「すてきやわ」といってくれるかもしれませんが、わざわざそんなふうにいってもらうことはないのです。それに、学校ではわらぞうりをはいている子がたくさんいました。

あのさびしかったひな祭《まつ》りのあとから、しずりは少しずつまわりに目をむけるようになっていました。村の子たちとのちがいに気づくと、なにか悪《わる》いことでもしたように、はずかしくてたまりませんでした。

いつだったか、メイさんに「うちはうちで、あんたはあんたや」といわれたことがありました。自分らしくどうどうとしていたいのに、しずりはいつもまわりのことが気になります。

ふたりは友だちの輪《わ》から完全《かんぜん》にはずれてしまいましたが、なにも不便《ふべん》なことはありませんでした。メイさんにはしずりが、しずりにはメイさんがいるだけでじゅうぶんだったのです。

学校の帰り道です。

メイさんはおじさんの家に行きたいといいます。

春人《はると》くんは数日前からまた平賀《ひらが》さんの家にやとわれていますから、おじさんの家はひどいことになっているはずです。おじさんはおしゃれがすきなのに、洗濯《せんたく》はきらいだし、だいすきな服《ふく》の手入れもしません。掃除《そうじ》もしませんから、ほこりにまみれて暮《く》らしているようなものです。

しずりの家で、しずりがおじさんの家に行くのをよろこぶ人はいません。お母さんはしぶしぶゆるしてくれますが、ほかは、全員《ぜんいん》が行ってほしくないと思っています。お母さんは、正月やひな祭《まつ》りなどとくべつな日にはごちそうをとどけたりしますが、すぐに帰ってきます。おじいさんたちの手前、長《なが》居《い》はできないのです。

「しーちゃん、ちょっとだけ行って、すぐに帰ろ。そんなら、ええやろ？　うち、おじさん、だいすきやねん」

しずりだって、おじさんはすきです。もっとふつうの人なら、もっともっとすきになったでしょう。

しずりはしぶしぶと、メイさんのあとを行きました。

メイさんが、がらっと玄関《げんかん》の戸《と》を開《あ》けました。おじさんの家に鍵《かぎ》はありません。どこも開けっぱなしです。

「おじさーん。しーちゃんとメイが来ましたよー」

玄関にはどろのついた長靴《ながぐつ》、鼻緒《はなお》が切れかかった下駄《げた》、よれよれになった革靴《かわぐつ》などが散乱《さんらん》しています。

メイさんが腰《こし》をかがめて、はきものをそろえています。

「えらいこっちゃ、おじさんのうらの顔が見えてしもうた」

「今は、春《はる》くんがいないから」

「やっぱり。そんなことやないかと思とった」

メイさんにはどこまでわかっているのでしょう。

「おじさーん。メイですよー」

ついたての横《よこ》から、おじさんがあらわれました。

「やぁー、いらっしゃい」

よれよれの浴衣《ゆかた》を着《き》たおじさんは、もしゃもしゃの髪《かみ》の毛《け》をなでつけながら、大きなあくびをしています。

「春は、なぜこんなにねむたいのかなぁ。きみたち、『春眠《しゅんみん》あかつきを覚《おぼ》えず』って、知ってる？」

「どういう意味《いみ》ですか？」

メイさんの目はまたかがやきだしました。

「じゃ、『春の海ひねもすのたりのたりかな』という俳句《はいく》は？」

「きいたことありそうやけど……しーちゃん知ってる？」

しずりはだまって首を横にふりました。

「ボッティチェッリの『春』という絵、見たことある？」

ふたりは声をそろえて「見たことない」とこたえました。

「それじゃ、ベートーベンの『スプリング・ソナタ』、きいたことある？」

おじさんはつぎつぎに春に関係《かんけい》したクイズを出してきましたが、ふたりとも首を横《よこ》にふりつづけるしかありません。

最後《さいご》に、おじさんはさもうれしそうに手をぽーんとうちました。

「よーし、全部《ぜんぶ》教えてあげよう。あがってらっしゃい」

奥座敷《おくざしき》にしきっぱなしの布団《ふとん》をくるくる丸めると、おじさんはその上にすわりました。

おじさんのうしろは板戸《いたど》になっていて、墨《すみ》で流《なが》れるような字が一面《いちめん》にあり、その下には秋の草花の絵が描《か》いてあります。墨はところどころが消《き》えかかり、草花の絵の具《え ぐ》もはげかかっています。

メイさんが板戸を食い入るように見ています。

「こんな感《かん》じのもの、京都《きょうと》のお寺で見たことあるわ」

「メイちゃんの好奇心《こうきしん》はすごいねえ。じつをいうと、これは京都からもってきたんだよ」

「ほんまにぃ？」

メイさんの目はまん丸く開《ひら》いています。

さすがのおじさんもメイさんの本気ぶりに、たじたじです。

「うーん、たしか、亡《な》くなったおじいさんがいっていたような気がする。それより、春についてでしょう」

おじさんは奥《おく》の部屋《へや》からぶあつい画集《がしゅう》をもってくると、ふたりの前に広げました。

ふくよかな女の人たちが森の中で楽しそうにしています。

「これはね、ボッティチェッリが描《か》いた『春』という絵なんだよ。わたしがイタリアで見たときには、あまりにも美《うつく》しくて気絶《きぜつ》しそうだった。春のおとずれは希望《きぼう》だと、心底感心《しんそこかんしん》したのを覚《おぼ》えているよ。ベートーベン、知っているだろう。有名《ゆうめい》な作曲家《さっきょくか》だよね。彼《かれ》もこの絵を見たんだ。そして感動《かんどう》を『スプリング・ソナタ』という曲にしたんだよ。ちょっとまってて、レコードをかけてあげる」

おじさんはレコードをプレーヤーにのせました。ヴァイオリンとピアノのかろやかな音が部屋中《へやじゅう》に鳴りひびきました。大きなスピーカーから出る音は、ふたりとも今までにきいたことがないほどにすんでいて、きよらかです。

「ええわあ」とメイさんがうっとりし、「きれいな音楽」としずりもあいづちをうちます。

ふたりにうなずきながら、おじさんはもっと感想《かんそう》をきかせてといいます。

「なんや、きらきらしてる」

「うきうきしてる」

ふたりの感想に、おじさんも同感《どうかん》だそうです。

「たしかに、春はきらきらしていて、うきうきしてくる。でも、春にはほかの顔もある。春はのーんびりしていると思うんだ。あたたかくなって、海の波《なみ》もゆるやかになる。そんなおじさんの気持《きも》ちを、与謝蕪村《よさぶそん》という俳人《はいじん》が俳《はい》句《く》にしてくれた。それが、『春の海ひねもすのたりのたりかな』という俳句なのだ。すごいねえ」

メイさんの興奮《こうふん》はおさまりません。

「与謝蕪村《よさぶそん》ていう人、お友だちなん？」

「ま、そんなものかな」

おじさんの話にはたくさんのお友だちが出てきますが、しずりはだれとも会ったことがありませんでした。

おじさんの話はつづきます。

「春の海はのたりのたりだけど、人はどうだと思う？　中国に詩人《しじん》がいてね、その人がつくった詩の中に、『春眠《しゅんみん》あかつきを覚《おぼ》えず』というところがあるんだよ。どう？　きみたちも春はねむたくて起《お》きるのがいやになるだろう？」

今度《こんど》ばかりは、ふたりともおじさんと考えがちがいました。

はやく起きて学校へ行きたいのです。学校で、しずりはメイさんに、メイさんはしずりに会うのがなによりの楽しみだからです。

おじさんの話が終《お》わって少しして、ベートーベンの音楽も終わりました。

「お茶を出してあげたいけど……」

おじさんの家にはガスコンロがありませんから、湯《ゆ》をわかすのにまきを使《つか》います。時間がかかります。それより、寝間着姿《ねまきすがた》のおじさんが着がえるのをまっていてもしょうがありません。

ふたりはおじさんの家を出ました。

帰り道、しずりの家が見えてきそうなところでメイさんが立ちどまり、道のはしっこにしずりをさそいました。

「しーちゃん、今日でお別《わか》れやねん」

しずりのからだが、ぴくんとふるえました。

「お父ちゃんがな、もっと北へ行ってみよう、いうねん」

メイさんが旅《たび》のお方《かた》だったことを、しずりはすっかりわすれていました。

メイさんが目を赤くして、しずりを見つめています。なにかいわなくてはと、しずりはやきもきしますが、こんなとき、なにをいったらいいのかわかりません。

「おじさんに、どうしていわなかったの？」

考えてもいなかったことが口からとびだしました。

「あんな、うちらみたいなものは、さらさら生きるんがええねんて。すーっとあらわれてすーっと消《き》える。それが大事《だいじ》やねんて、お父ちゃんの口ぐせやわ」

「じゃ、どうしてあたしにお別《わか》れなんていったの？　だまってすーっと消えたらよかったのに」

いいながら、しずりはとても後悔《こうかい》していました。ほんとうは、こんなことはいいたくなかったのです。でも、からだの奥《おく》のほうから、なにかがつきあげてきて、しずりをはげしくゆさぶるのです。

「メイちゃん、ひどい。ひどいよー」
からだから力がぬけてしゃがみこんだとたん、一気に涙《なみだ》があふれてきました。

はじめはメイさんへのいらだちに心がゆれ、今はうらぎられたようなさびしさが冷《つめ》たい風を送《おく》りこんできます。寒《さむ》くて、しずりは両腕《りょううで》で自分のからだを抱《だ》きしめました。

桜《さくら》の木の下で、メイさんをはじめて見たときのことを思いだします。ふたりで校舎《こうしゃ》のうら山に登《のぼ》ったことや、おじさんとのやりとりなどが、とりとめもなくうかんできて、しずりの胸《むね》をしめつけていきました。

(あたしは、またひとりぼっちになるんだ)

泣《な》きじゃくりながら、しずりは声をしぼりだしました。
「メイちゃん、どうしてここに来たのよ。あたし、メイちゃんに会いたくなかった」

とぎれとぎれの言葉《ことば》を、メイさんがじっときいています。

メイさんもいつのまにかしゃがんでいて、しずりの目の前にいました。

「ごめん、しーちゃん」

むせび泣《な》いているメイさんの言葉《ことば》もとぎれとぎれです。

「うちはな、うちは、しーちゃんに会えてうれしい。こんなにうれしいの、はじめてやわ。ここに来て、ほんまによかった。しーちゃんやおじさんに会えて、すごくよかった」

メイさんに会えてうれしいのは、しずりだって同じです。ただ、楽しい時間をすごしたぶん、ひとりぼっちにもどるのがつらいのです。

「しーちゃん、ごめんな。うち、一生、わすれへん」

「メイちゃーん」

ふたりはたがいを見つめあいながら、涙《なみだ》を流《なが》しつづけました。

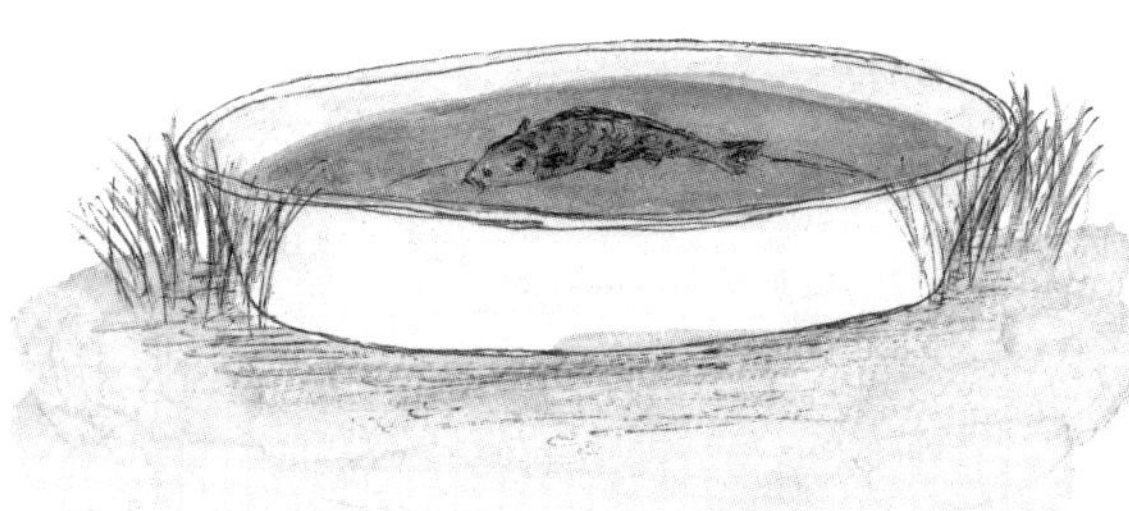

家に帰ると、庭先《にわさき》にたらいがあって、大きな鯉《こい》が泳《およ》いでいます。おじいさんが池で釣《つ》りあげてきたのでしょう。ときどき、おじいさんは農《のう》協《きょう》の前の池で鯉を釣ってきて、家族《かぞく》に料理《りょうり》をしてくれました。鯉は、おじいさんが調理《ちょうり》するまで、このたらいの中ですごします。泥《どろ》をはいてくさみがなくなるともいわれています。

しずりは家に入る前にもう一度《いちど》涙《なみだ》をふいて、深呼吸《しんこきゅう》をしました。

「ただいま」

「おそかったのね」

座敷《ざしき》でお茶を飲《の》んでいたおばあさんの妹、静《しずか》おばあさんの声です。おばあさんの親せきはときどき家に来ますが、おじいさんの親せきは一度も来ていません。いつだったか、お母さんにきいたところ、「家が遠いし、お仕事《しごと》がいそがしいから、来られないのよ」といっていました。

玄関《げんかん》で靴《くつ》をぬぎかけていると、おじいさんが来て、紙袋《かみぶくろ》をさしだしました。

「メイさんにあげなさい」

中をのぞくと、えんじ色の帽子《ぼうし》が入っていました。布《ぬの》でできていて、つばもついています。

これなら、冬も春も、麦《むぎ》わら帽子《ぼうし》のかわりになりそうです。

メイさんとは、さっき別《わか》れてきたばかりでした。

「メイちゃんはね……」

いいかけたものの、そのあとに言葉《ことば》がつづきません。

「家に行っておいでなさい。まだまにあう」

おどろくしずりに、おじいさんがうなずいて見せました。

「今日、茅町《かやまち》で買ってきたのですよ。しずりさんには紺色《こんいろ》です」

しずりは紙袋《かみぶくろ》を受《う》けとると、乾燥場《かんそうば》へ急《いそ》ぎました。今までに何度《なんど》もメイさんのいる乾燥場へ行きたいと思いましたが、メイさんをこまらせたらいやだと、一度もたずねたことがありませんでした。

和子《かずこ》ちゃんがいなくなった日のつぎの日、おじいさんは海苔《のり》巻《ま》きをたくさんつくってメイさんたちにとどけましたが、しずりが学校から帰る前のことでした。

走りつづけて、やっと乾燥場《かんそうば》の近くまで来たとき、農協《のうきょう》の事務所《じむしょ》から出てきた男の人に会いました。村の人ではありません。

男の人はそまつな衣服《いふく》をまとっていますが、洗濯《せんたく》をした清潔《せいけつ》なものでした。色が黒くて、からだつきはがっしりしています。ふんいきが、メイさんによく似《に》ていました。

「あの……」

声をかけたしずりに、男の人がほほえみました。

「しずりさんですね。メイと仲《なか》よくしてくれて、ありがとう」

やはり、メイさんのお父さんでした。お父さんに案内《あんない》されて

乾燥場《かんそうば》へ行くと、リュックに荷物《にもつ》をつめているメイさんがいました。

「しーちゃん、どないしたん？　中に入る？」

メイさんはふつうにいいますが、目は赤くふくれあがっています。

しずりはきっと自分も同じような目をしていると思いました。

おじいさんがくれた帽子《ぼうし》を手にとって、メイさんが「うちに？　ええの？」と上から下からながめわたしています。

「あたしのは、紺色《こんいろ》だって」

「おおきに。うちの宝《たから》ものや」

農協《のうきょう》の前の道路《どうろ》まで送《おく》ってくれたメイさんが、右手を出しました。握手《あくしゅ》をしようというのです。

しずりも右手を出しました。

「しーちゃん、あんな、ひとりぼっちと思ったらあかんよ。人はつながってると思う。太いひもか、細いひものちがいだけや。細いのがいつ太くなるか、わからへん。うちとしーちゃんみたいにな」

「うん」

　しずりの心はしずまっていました。冷《つめ》たい風もなくなって、からだの奥《おく》のほうからほわーっとぬくいものがわいてきています。

　メイさんと別《わか》れるのはつらいにきまっていますが、出会ってからどんなにしあわせだったかわかりません。メイさんへのありがとうが、胸《むね》にあふれていました。

「しーちゃん、おおきに」

「メイちゃん、ありがとう」

　ふたりはまた目に涙《なみだ》をうかべながら、それでも、一生懸命《いっしょうけんめい》に笑顔《えがお》をつくってさようならをしました。

メイさんがお父さんに「この村にいたい。ずっとここに住《す》みたい」と泣《な》いてお願《ねが》いしたことを、しずりは知りません。メイさんはしずりとはなれたくなくて、どんなにたくさんの涙《なみだ》を流《なが》したかしれません。「旅《たび》のお方《かた》」なんか、きらいやとだだをこねて、毎晩《まいばん》お父さんをこまらせていたことも、しずりの知らないことでした。

メイさんがいなくなって三日のちのことです。

日本晴れを絵に描《か》いたみたいに、どこまでも青い空が広がっていました。あちこちで鯉《こい》のぼりが風にはためく、のどかな昼下がりでした。

日曜日で、お父さんもひさしぶりに家にいます。

昼《ひる》ご飯《はん》のあとかたづけをしていたお母さんのところに、おじいさんが来ました。

「晩《ばん》ご飯《はん》は、わたしが用意《ようい》しましょう。鯉ももうさばかないと」

「はい。ではご飯を炊《た》きます。汁《しる》ものはどうしましょうか？」

「すべて、わたしがやります。あとかたづけもします」

「そうなんですか？」

ふたりのやりとりをきいていたしずりが、口をはさみました。

「おじいさん、節句《せっく》はあさってですよ」

五月五日の節句は、毎年おじいさんがごちそうをつくってくれました。

「とにかく、今夜はまかせてください」

おじいさんに「どうしてですか？」ときく人はいません。おじいさんのいうことはぜったいなのです。

夕食の膳《ぜん》はごちそうがならびきれないほど豪華《ごうか》でした。鯉《こい》のあらいや鯉こくはもちろんのこと、タラノメやコゴミなどの天ぷら、ワケギのぬた、春菊《しゅんぎく》のおひたし、ほうれん草のしらあえ、それに茶碗《ちゃわん》むしまであります。

どれもがおいしくて、すごくきれいなのです。食べながら、しずりはメイさんにも食べてほしかったと思いました。

北へむかったメイさんは、今ごろはどこでなにをやっているだろうかと、気がつけばメイさんのことを考えていました。

食事《しょくじ》の最後《さいご》に番茶《ばんちゃ》まで出してくれたおじいさんが、家族《かぞく》を見わたしながら話しだしました。

「明日からしばらくのあいだ、留守《るす》にします。どこへ行くのか、なにをするのか、わかりません。ただ、かならず帰ってきます。留守をよろしくお願《ねが》いします」

おじいさんがふかぶかと頭をさげました。

こんなおじいさんは見たことがありませんでした。

お父さんはだまったままで、お母さんは目をうろうろと動《うご》かしています。おばあさんはといえば、もうおじいさんからきいていたのか、すっかりあきらめきった顔をしています。

だれもなにもいわないまま時間がすぎていきます。ぴりぴりした空気が部屋《へや》に満《み》ちていて、しずりは息苦《いきぐる》しくてたまりませんでした。

おじいさんに「行かないで」といえたらどんなにいいかと思いますが、なにをいってもおじいさんの決心《けっしん》はかわらないでしょう。

今になって、しずりはメイさんと笑顔《えがお》でさようならができてよかったと思っています。涙《なみだ》があっても、笑顔にしたかったのは、あとで思いだしたときにしあわせな気分になれるからかもしれません。

「おじいさん、まっています。帰るときには電話をしてくださいね。あの帽子《ぼうし》をかぶっておむかえに行きます。バスに乗《の》って、茅町《かやまち》までおむかえに行きますから」

言葉《ことば》はしっかりしていましたが、しずりの目からは熱《あつ》い涙がひっきりなしに流《なが》れていました。

つぎの日の朝、おじいさんは茅町行きのバスに乗って行ってしまいました。

しずりの手には、おじいさんからの手紙がありました。

しずりさんへ

とつぜんいなくなるのをゆるしてください。メイさんが旅立《たびだ》ってすぐなのに、ほんとうにもうしわけないと思っています。

わたしも旅のお方なのです。

この村に来ておばあさんと知り合い、結婚《けっこん》し、子どもが生まれました。二度《にど》と旅に出ることはないときめていたのに、どうしてもひとりになって外の世界《せかい》を見たくなりました。

メイさんがうらやましかったのです。家をもたない生き方に、心をゆさぶられたのです。

わたしはあとどれくらい生きられるでしょう。

最後《さいご》のわがままです。

でも、かならずもどってきます。約束《やくそく》します。

おじいさんより

しずりはバスが行ったあとの土煙《つちけむり》の中で、ぼんやりとたたずんでいました。しずりの知らないふしぎの国からあらわれたと思っていたバスは、今度《こんど》はふしぎの国へ人を運《はこ》んでいきました。

これからおじいさんの帰りをまつ日がつづきます。さびしいけれど、おじいさんはだいすきな旅《たび》に出られたのだと思えば、がまんできました。

おじいさんがいなくなった家で、おとなたちは何ごともなかったようにいつもどおりの生活をしています。

しずりもいつもどおりに学校へ行きました。

はやく登校《とうこう》した子どもたちが、今朝《けさ》も校庭《こうてい》でドッジボールをしています。

「しずりちゃん、おはよう」

うしろに葉子《ようこ》ちゃんがいました。

「メイさん、行ってしまったんだね」

「うん……」

「あの子、おもしろい子だったね。あたしも遊《あそ》べばよかった」

しずりの心に、ぽっと明かりがともりました。

しずりはランドセルを自分の席《せき》におくと、校庭《こうてい》へかけていきました。

「あたしも、入れて」

大声をあげたしずりに、みんなが「いいよー」とこたえました。